Recueil d'histoires encore plus profondes

Édition : BoD · Books on Demand, 31 avenue Saint-
Rémy, 57600 Forbach, bod@bod.fr
https://www.bod.fr/

Recueil d'histoires encore plus profondes

Matthias Delaune

Je dédicace cet ouvrage à mon lave-linge.

Préface

Bon, ben… Cette fois-ci, y'a pas de préface. Même si ce texte occupe cet espace. Je vous laisse imaginer ce qu'il y aurait pu y avoir à la place de ce texte. Je pense que vous avez assez d'imagination. En revanche, je ne pourrai lire ce recueil à votre place, ainsi, je vous invite à parcourir le restant des pages, afin de vous faire une opinion de ce livre, là par contre, y'aura du contenu.

L'ensemble de cet ouvrage a été composé avec le logiciel StarOffice 7 © Sun. Certaines nouvelles ont été composées sous Canon StarWriter 300 et retranscrites. La nouvelle "glace fraîche" a été faite sous StarOffice 5.2 de Star Division. Les droits d'auteur de ces logiciels correspondent aux sociétés mères respectives. Tous leurs droits sont réservés. Corrigé sous OpenOffice 4.1.

Bonne lecture !

Matthias Delaune

Chapitre I

Le flûtiau enchanté

Un jour, l'Saturnin qu'étions en train d'traîner ses galoches près du champ d'blésaille des voisins, v'là t'y pas qu'y tombions sur un drôle d'bout d'bois, un machin à trous, qui brillions dans l'herbe comme un sou neuf.

« Holà, qu'est-ce donc que c'bout d'bois, c'est qu'ça m'donnions tout l'air d'être un flûtiau » qu'y s'dit. Y l'ramassions tout content, pis y l'ram'nions à la maison, au bout du ch'min, comme si qu'c'était un trésor.

« J'marchions tranquille, et v'là que j'trouvions un truc bizarre dans l'herbe ! racontions l'Saturnin aux siens.

— Hé ben, l'Saturnin, tu pensions êt'tombé sur une corne d'abondance, à c't'heure, demandions la sœur.

— Non da, ça m'semblions plutôt être un flûtiau.

— Et t'avais soufflé là-d'dans ? s'enquérions le père, en zieutant l'objet, comme s'il pouvions exploser.

— Ben non, qu'j'avions pas pensé à souffler eh d'dans.

— Sois prudent, dit l'vieux. Sait-on jamais si l'voisin y s'en était servi avec son derrière ! »

Mais Saturnin, que la prudence n'étions pas son fort, il soupiotait dans l'flûtiau. Et v'là le son: "Tût, tût, tût". Un bruit qu'étions entre l'oie et l'meuh, pis il soufflions, soufflions encore, et si fort, qu'les tympans commençions à saigner. Alors, la sœur, v'là qu'elle s'mit à réagir :

« Sainte-Marie, arrête donc ce son, c'est que t'allions nous tuer les oreilles, avec ça ! qu'elle s'écria.

— Didiou, j't'avais bien dit, qu'ça porterait malheur, rouspétions l'père. Ce flûtiau-là, c'est l'diable en bois !

— Moé, j'pensions que l'flûtiau, y z'avions des pouvoérs magiques, y s'défendit comme ça, eh-l'Saturnin. L'allions nous faire apparaître des pièces d'or, ou faire venir Saint-Antoine de Padoue, qui nous aiderions à r'trouver les sabots perdus d'la Géraldine. »

Plus tard, l'Saturnin, y continuait à soupioter dans l'flûtiau, en attendant toujours qu'y s'passions des miracles. Y semblait s'prendre pour Merlin l'autr' enchanteur. Alors, y continuions à souffler, jusqu'à d'venir encore plus benêt qu'y l'était d'jà. « V'là que j'commençions à voér trente-six chandelles » qu'y s'dit. « Ça d'vions être à cause eh d'l'apparition d'Saint-Antoine, j'avions tant soufflé dans l'flûtiau, que v'là que j'me sentions m'envoler comme une colombe ». V'là que dans la réalité, l'Saturnin étions en train d'avoir l'vertige et à tomber dans les pommes. Il s'mettions à rêver. Un drôle euh d'rêve, comme qu'y disent, à la télévision.

"Tamino,
Viens donc m'aider, v'là qu'y venions sur mes traces.
Viens donc m'aider, v'là qu'j'étions dans l'embarras.
L'sanglier s'approchions.
Il courions vers moé.
Ô, l'Bon Dieu, de grâce.
Ô, l'Bon Dieu, ayons pitié pour moé.
Sanglier, périssions donc frappé par tous,
Victoére, victoére,
V'là que l'sanglier étions mort.
V'là qu'j'étions sauvé,
Ch'uis p't-être un clampin,
Mais dans mon rêve, ch'uis l'roé."

À l'réveil du Saturnin, y bondissions comme un cabri. Y'étions revenu à la maison, parmi les siens. L'pater l'étions en train de tailler des bouts de bois, et la sœur épluchions des patates.

« J'ai rêvions qu'j'étais un héros flûtiste, dans une sorte d'opéra qu'j'avions jamais ouï jusqu'ici, qu'y s'écria d'vant tout c'beau monde. Pis l'flûtiau, y jouions juste entre mes doé.

— T'étions pas fou ? qu'elle a dit, la sœur, avec un regard qui pouvions geler le feu d'la cheminée. Tu savions ben que tu sachions pas jouer l'flûtiau !

— Pardi, que j'savions jouer du flûtiau, pestions Saturnin. J'y étions arrivé dans l'rêve, j'pouvions t'montrer que j'sachions toujours l'faire, à c't'heure. »

L'aut'héros, qui s'prenions pour l'aut' compositeur, là, y prit la flûte, et y s'mettions à jouer en voulant le r'faire comme dans l'rêve de t'aleur. Mais y'avions beau souffler, et bouger les paluches, y arrivions plus à jouer aussi bien. Les oreilles commençions à saigner encore une foé.

« Hé, là, oh, dis donc, l'Saturnin, qu'y dit, l'vieux. T'allions pas nous casser les oreilles, comme t'aleur ?

— Ben moé, dans l'rêve, je jouions juste, comme si j'savions jouer du Schopenhauer, mais j'y arrivions plus. Devions être bouché, le flûtiau, qu'y dit, en zieutant l'pipot.

— C'est toé qu'étions bouché, à jouer comme un sabot ! »

Après les engueulades d'la sœur, l'Saturnin, y s'remettions à couper du bois, comme durant tous les jours que l'Bon Dieu faisions. Mais l'avions toujours l'flûtiau caché dans eh-l'froc. Y renonçions pas à l'idée d'l'utiliser une nouvelle foé.

FIN, là.

Chapitre II

Rev'là le sanglier

C'tait une nuit noire comme dans l'cul d'une vache, pis le vent, y soufflions comme un vieux qui pète dans l'froid. Saturnin, lui, y dormions qu'à moitié, le flûtiau calé sous l'aisselle, comme une sorte euh-d'baguette magique. Pis d'un coup, là, y'avions un bruit bizarre. Pas c'lui d'un humain. Mais un genre de bruit, comme si y'avions un animal sauvage qui grattions un truc dans les parages. L'Saturnin, ni une, ni deux, y s'réveillions, et y s'dressions dans l'lit en chien de fusil.

Y bondissions en dehors, comme s'il étions guidé par ses instincts d'chasseur. Pis y localisions l'bruit, qui provenions de l'grange. Y sortit pieds nus dans eh-l'cour boueuse, sous la Lune pleine comme une barrique. Et v'là t'y pas qu'dans la pénombre de l'grange, en ouvrant la porte, y trouvions l'sanglier.

Y'était comme dans son rêve. Le regard luisant dans l'noir, parc'que les rayons d'la Lune s'reflétions d'dans. Il poussions un cri d'animal, avec son gros tarin : « Groin, groin ! »

À cause de c'te vision, l'sang du Saturnin faisions qu'un tour dans son corps. Même s'il avions plus un poil de sec, y lui dit ça :

« Sainte-Marie, mais, dis voér, qu'est-qu'tu fous là, sanglier de malheur ? qu'y lui lancions. Tu voulions ma peau, ou quoi ?

— *Groink !* répondions l'sanglier.

— Tu semblions pas t'y r'trouver. J'm'en vais te jouer un air que t'allions pas l'oublier. »

Pis l'Saturnin, il s'mettions à jouer un air que même un sourd, il aurions pas pu supporter. Il jouions si fort, si fort, que l'sanglier s'mettions à tourner dans tous les sens dans l'grange.

Alors, Saturnin, y s'prenions pour l'aut'gars, celui qui attirions les rongeurs avec son flûtiau. Mais l'sien, d'flûtiau, y soutenions qu'il étions enchanté, l'Saturnin.

Y jouions si fort, que tout le monde se réveillions dans l'noir. L'Saturnin, y s'mettions à danser dans la cour. Alors l'sanglier, il fuyions à vive allure, vers les boés. Pis on l'entendions plus.

« Qu'est-c'qui s'passions, là, hurlions l'père dans l'nuit.

— Ben, c'est moé, qu'y dit, l'Saturnin. J'avions trouvé un sanglier dans l'grange. Pis, y s'étions barré d'ici, à cause du son du flûtiau.

— Saturnin, t'avions réussi à l'faire fuir, c'sanglier de malheur ?

— Ben, j'l'avions vu fuir, qu'y répondit, l'Saturnin. Pis avec c'que j'lui avions joué, l'étions pas prêt d'revenir nous embêter. »

L'pater et la sœur, y z'avions plus d'rancune envers Saturnin et son flûtiau, puisqu'ils avions chassé l'sanglier pilleur de granges. Z'avions allumé des bougies, pour aller lui causer un brin. Le lendemain, y z'avions organisé une fête pour l'Saturnin, pour l'remercier pour son acte d'héros du village.

« Bravo, l'Saturnin, qu'y disaient.

— Ben, tout c'que j'avions fait, c'est soupioter dans l'pipot, mais merci, les gars, répondions l'Saturnin.

— J'retirions c'que j'avions dit, que l'père ajoutions. C'flûtiau, il étions bien enchanté, il avions l'pouvoér eh-d'chasser les intrus.

— 'Faudrait ben qu'une tête intelligente inventions quequ'chose pour faire fuir les intrus, avec un son d'mârde, comme son flûtiau, qu'la sœur proposions. Ça ferions une belle façon d'veiller sur l'troupeau, même la nuit. »

L'idée étions bonne, mais les moyens étions pas assez évolués pour faire un tel machin. Pardi. Saturnin, désormais, y'étions toujours en présence du flûtiau. Et même en dormant, parce que l'flûtiau, il avions un pouvoér magique puisqu'y pouvions casser les tympans avec ses notes de musique foireuses.

FIN

Chapitre III

Saturnin rêvions du flûtiau

Pendant l'nuit, v'là que l'Saturnin s'mettions à rêver du flûtiau. Y l'utilisions tell'ment l'jour, qu'la Morphée, elle lui tissions des rêves qui mettions en scène l'dit instrument. L'Saturnin, il volions au-d'ssus des champs, flûtiau en main, tout en chevauchant l'sanglier maudit qui lui causions du tort. Mais c'étions comme s'ils s'étions réconciliés, dans l'monde des rêves, là.

Pis, y'a l'peuple du village, y'était complice de ces deux lascars, puisqu'y lui crions en chœur : « Joue-nous une chanson, Saturnin ! » Et lui, il soufflions. Y jouions tout'sortes d'accords mélodieux, que même les anges du Ciel, y semblions écouter d'une oreille attentive.

Soudain, v'là que les bougres d'la maison le soutirions du pieu. Y'était dans les sept heures du matin.

« Réveille-toi, l'Saturnin, faut qu'z'allions cueillir des baies. » L'Saturnin, y s'mit à grommeler, comme les ours y grommelions dans leur grotte. « Mmmh ! Pas d'jà, j'étions en train d'rêver que je jouais du flûtiau comme l'aut'Shozmachintruc, là. » qu'y disions. « Réveille-toi, que j'te dis, sinon, on va être à la bourre pour aller à l'messe, après. » qu'elle ajouta, la sœurette qu'étions pressée.

Donc, y s'en allions dans l'bois, alors que c'étions encore l'Soleil levant. Rosée sur les bottes, en train de s'presser, suivant les sentiers qui menions aux baies sauvages. L'Saturnin adorions cueillir les baies pour les manger, parce qu'« ça faisions du bien à l'boyau » qu'y disions, toujours l'flûtiau à portée d'main.

« Et aïe donc, qu'y s'exclamions. P't-être ben qu'aujourd'hui, j'allions soupioter un p'tit air, rien qu'pour m'exercer les poumelards, et v'là qu'un trésor apparaîtra dans les fougères ! » Ainsi, il soufflions dans l'flûtiau. « *Tût, tût, tûûûût.* » faisions l'machin d'bois. Pis v'là que l'sol, y s'mettions à trembler, les branches, elles frémissions, pis les oiseaux s'barraient, comme si qu'y'avait un orage à l'horizon. « Hein ? Qu'est-ce qui s... » qu'il hurlions. « Ahouuuu !!! »

Un loup sortions du bois, avec des dents comme des cure-dents, du poil aussi gris qu'la cendre quand l'vieux y nettoyions l'foyer, pis avec des yeux rouges comme le vin d'sorbiers. « Courez, les gens » hurla un paysan, qu'avait rien d'mandé à personne. Y z'étaient cinq ou six dans l'coin, cueillant, pissant, ou mangeant un croûton d'pain. Mais là, y partions en courant, comme si l'diable en personne les pourchassions.

Saturnin rêvions du flûtiau

Pis y trouvions un p'tit chalet abandonné, qu'était là, au bout d'un sentier paumé. Un abri providentiel. Y s'jetions d'dans, haletant, suant, les genoux pleins de ronces et le cœur dans les esgourdes. Saturnin, tout penaud, y jetions l'flûtiau sur la table en disant : « J'crois bien que c't'objet, y m'a trahi. »

Là, l'flûtiau, y s'cassions en deux. Et d'dans, v'là t'y pas qu'y trouvions un p'tit mot plié à l'intérieur. Y'était tout jauni, tout vieux, avec un texte qu'y z'arrivions pas à déchiffrer. Alors que le loup, y s'étions barré, l'Saturnin y s'mettions à nouveau à s'imaginer toutes sortes de carabistouilles.

« C'est-y une carte au trésor ? Qu'y s'demandait à voix haute, d'vant les aut'. Une formule ? Une prophétie ?

— Allons, l'Saturnin, nous racontions pas qu't'étions sur l'point de t'inventer des histoires pour niards, à cause de c'bout d'papier ? que s'demandait son père encore essoufflé.

— Ch'ais pô, qu'y répondit à son pater. Va falloir aller en ville, pour faire lire c'bout de papier, des fois qu'y'aurions un machin d'intéressant, d'ssus.

— Tu comptions aller faire lire ça par eh-l'libraire, l'Saturnin ? Qu'y s'demandait, l'voisin. Personne n'savions lire, ici.

— Bonne idée, z'allions l'faire tout d'suite, le loup, y semblions être reparti » qu'y dit, tout en tournant la poignée du r'fuge. Pis une fois dehors, y z'avions traîné leur cul jusqu'en ville.

Après avoir pris l'bus, avec la piquette dans la poche du froc, y venions d'vant la façade d'un libraire. Le genre de gars qui savions lire, et écrire dans la langue de Molière. Le gars qui tenions l'endroit, y semblions surpris de voir débarquer des paysans avec des salopettes, des chapeaux de paille, avec une odeur de purin qui s'dégagions d'eux.

« J'peux vous aider ? qu'il leur demandions, dans un drôle de dialecte.

— Ouais, j'savions que vous saviez lire, qu'y dit, l'Saturnin. Alors si vous pouvions dire c'qu'y'a d'écrit, sur c'bout d'papier, siouplé.

— Vous savez pas lire ? s'demandions l'homme d'l'accueil.

— Ben non, et pis, vous semblions lire des trucs de Shakéspire, de Molaire, ou Spi, Spi… Spiroutruc, là.

— Spinoza ? Oui, j'en ai déjà lu. Si vous voulez que je vous lise ce qu'il y a de marqué, je veux bien vous…

— Alors, lisions c'bout de papelard, au lieu d'causer étranger ! » s'énervions la sœur du Satunin. Alors, le tenancier y s'mettions à lire le bout d'papier tout plié. Il lisions dans sa tête, puis d'vant tous les gars et les femmes présentes.

« Alors, y'a marqué… soufflions le libraire.

— Ah, tu voyons qu'y cause un peu comme nous, que l'Saturnin disions, en s'tournant vers sa sœur.

— Ben… Alors… "Ce flûtiau appartient à Jean-René, 9 ans. Si trouvé, merci de ramener à l'école de la Mare-au-Renard.

— QUOI ?! s'dit l'Saturnin.

— Désolé si j'ai mal prononcé, qu'y disions, l'libraire. J'ai pas l'habitude de tout conjuguer à la première personne du pluriel.

— V'là qu'y r'commence, qu'elle dit, la sœur.

— Nan, merci monsieur eh-l'libraire, j'avions ben compris, mais moi, j'pensions que l'flûtiau, y'étions magique, et que c'bout de papier d'mârde, y'étions une formule magique.

— Ben non, vous l'avions bien vu, répondions l'libraire. Vous avez… Euh, avions trouvé le papelard posé près d'un flûtiau ? »

L'Saturnin expliquions tant bien qu'mal la situation, du début, pis jusqu'à l'fin, bref, jusqu'à c't'instant où ils croisions l'libraire, pour lui d'mander de déchiffrer l'texte. « Bon, ben, vous voyons, y'avions pas raison de s'imaginions des histoires de formule magique, c'étions un flûtiau tout-à-fait ordinaire. Maint'nant, j'devions fermer la librairie pour le repas, et j'devions prendre l'avion. » qu'il a dit, le libraire. « Ah, au revoir et merci, m'sieur. » répondions l'Saturnin. « Ah, ces citadins, ils dînions très tard, y'est midi, qu'y disions, l'père. Pour encore manger un Burgé Kaingue. »

De r'tour à la maison, Saturnin étions dépité. Tout c'chemin pour savoir que l'flûtiau, y'étions pô magique, et qu'il appartenions à un môme. Mais l'Saturnin, y'étions d'nature gaie. Y réparions l'flûtiau avec un bout de laine, et y jouions d'dans à nouveau, comme si rien ne s'étions passé.

Le lendemain, y'avait même dit aux siens : « Hé, p'têt' ben que l'flûtiau, y possédions des pouvoirs magiques ?! » qu'y s'dit. « Oh, non, Saturnin, pas encore! » qu'la fille protestions.

Recueil d'histoires encore plus profondes

Ben, FIN finale, j'croyons. Là.

Les trois précédentes nouvelles ont été rédigées à l'aide de ChatGPT, une intelligence artificielle à usage polyvalent, dans le cadre d'amélioration de texte, de peaufinage, ou pour aider à trouver des idées et du vocabulaire patois.

Chapitre IV

Le clignotant et le lampadaire

Un jour, alors qu'Alain garait sa voiture devant un lampadaire, pour aller faire les courses, lui et un des clignotants du véhicule décidèrent de parler ensemble. Bien que ce fait semblât rare, personne ne sait réellement ce qui peut se passer entre les objets du quotidien, que ce soit des appareils électroménagers, des jouets ou des produits de consommation courante, lorsque nous avons le dos tourné.

Ce fait est d'autant plus rare qu'il se mit à pleuvoir peu après qu'Alain fut parti. Ainsi, les deux éléments qui ne partagent que pour seule caractéristique le fait de s'illuminer, se mirent à discuter :

« Fichtre, quel temps ! se lamenta le lampadaire. Les humains ont un toit sur la tête, et peuvent se protéger des éléments quand ils le veulent. Pourquoi pas nous ?

— Ah, moi, je suis intégré à la carrosserie, répondit le clignotant. Mais les gouttelettes de pluie arrivent à glisser sur moi.

— Ouais, ouais… Mais toi, j'imagine que tu vis dans un garage, lorsque tu rentres à la maison.

— En effet, et toi, tu n'as pas de maison ? demanda le clignotant.

— Que nenni, depuis mon érection en 1993, je vis à l'extérieur, et rien ne me protège, heureusement que je suis fait en acier, dis donc ! »

Le lampadaire et le clignotant continuèrent à discuter ainsi, tout en échangeant sur leur fonctionnement propre. Le lampadaire expliquait au clignotant qu'il se mettait à briller tous les soirs en blanc.

« Oui, tous les soirs, sans exception ! dit-il. Je vis tellement haut que je ne crains personne. Et je peux voir les menaces arriver.

— Moi, répondit le clignotant, je ne brille que dans certains cas, lorsque mon maître a envie de tourner à gauche, ou alors quand les warnings sont déclenchés.

— Hé bien ! Et donc, tu te mets à briller de mille feux, avec ta couleur orange ?

— Non, je me mets à clignoter. De mille feux, oui, mais pas de façon fixe.

— Ah, s'exclama le lampadaire. Comme la dernière fois que je me suis mis à fuser dans tous les sens. Je t'explique : mon ampoule était un peu débranchée, et ma lumière est devenue irrégulière.

Le clignotant et le lampadaire

— C'est un peu ça, sauf que mon clignotement est régulier, et n'est pas dû à un dysfonctionnement. »

Le propriétaire revint un peu plus tard, lorsque ses courses étaient finies. Le lampadaire et le clignotant étaient toujours en train de discuter, dans cette rue tout-à-fait ordinaire. La pluie avait cessé, et bien qu'elle ne fût pas battante, le lampadaire se sentait tout trempé.

« Ah, le soleil reviendra, et ça va sécher ! dit le clignotant.

— Comme d'habitude. Ça fait rien d'être trempé, mais je me demande ce que ça fait de vivre avec un toit sur la tête. Il a l'air chargé, ton chauffeur, il revient d'où ?

— Je n'en sais rien, sa femme lui a dit ça : "Tu rapporteras une baguette et du beurre, le reste est sur la liste".

— Et voilà, les courses sont dans le coffre ! dit Alain en refermant le capot.

— Je crois que vous allez partir ! remarqua le lampadaire. Ah, je vais redevenir seul !

— Hé oui, les meilleures choses ont une fin. Ce fut un plaisir de discuter avec vous, monsieur le lampadaire, dit le clignotant.

— C'est réciproque ! répondit le lampadaire.

— On pourra toujours communiquer par le réseau CPL, ajouta le clignotant.

— Pour l'heure, oh, la voiture bouge ! Et c'est votre cousin le clignotant droit qui est à l'honneur, s'émerveilla le lampadaire.

— En effet, voyez comme il brille, dit le clignotant gauche.

— Oui, hi, hi, hi! rit le clignotant droit. *Tic, tac !* *Tic, tac !* Et… »

« *Poum !* » fit le côté droit de la voiture contre une poubelle sur le trottoir adverse. Alain avait effectué une manœuvre maladroite, et le clignotant droit s'est malencontreusement retrouvé heurté de plein fouet.

« Non, mais ça va pas ?! s'affola la poubelle municipale.

— Aïe ! Ouille ! Je suis tout cassé, dit le clignotant droit.

— Ce sont des choses qui arrivent, lança le lampadaire, du haut de sa lanterne.

— Pas d'habitude ! dit la poubelle. Je somnolais tranquillement, puis j'ai été pris d'assaut par cette voiture noire qui ne sort de nulle part ! Et voilà qu'il manœuvre dans l'autre sens, il va repartir sans même montrer une seule excuse, face au dévoué conteneur d'ordures que je suis. Je me sens nié, et bafoué. »

Nonobstant, Monsieur Alain sortit en lançant un "oups" fort gêné, mais eut plus d'inquiétude pour sa propre voiture que pour la poubelle municipale faite de plastique. Elle n'avait rien eu, juste une légère égratignure. Cependant, le clignotant de Monsieur Alain était cassé. « J'espère que je n'aurai pas de contrôle policier d'ici à la maison » dit-il en repartant à vive allure.

Le clignotant et le lampadaire avaient eu la plus grosse discussion qu'ils n'avaient jamais eue. Monsieur Alain revint chez lui avec toutes les courses, excepté la baguette qu'il avait oubliée. Lui et sa femme se résolurent donc à manger celle de la veille, qui était légèrement durcie. Plus tard, il est allé au garage pour faire réparer le clignotant à ses frais, préférant ne pas ébruiter le fait qu'il avait percuté une poubelle municipale.

FIN

Chapitre V

Le concours des impôts

Jean-Gérald assista au concours de contrôleur des Finances Publiques pour la 7ème fois en 10 ans. Dans le cadre de cet examen, on lui posa toutes sortes de questions. Cette fois-ci, il n'allait pas laisser le jury le piéger sur cette phase. Alors qu'à force de s'entraîner aux écrits, il obtint 20/20 à chaque matière, il coinçait toujours sur l'épreuve orale. « Que pensez-vous des réformes récentes de la DGFiP ? » Jean-Gérald y répondit avec précision. « Et si vous deveniez ministre, quelle serait la première chose que vous feriez ? » Pareil, il répondit avec soin.

« Si un collègue vient en slip au travail, que feriez-vous ?

— Hé bien, répondit Jean-Gérald, je l'affecterais à un travail en catégorie C pendant un mois.

— La vache, il est sévère, mais tellement plein de charisme et de bon sens, souffla l'inspectrice à l'autre membre du jury.

— Oui, il va tous nous détrôner ! »

Le candidat enchaîna les questions, sans se laisser déstabiliser, ni laisser de temps de pause. Le jury semblait abasourdi, mais Jean-Gérald le devait à tous ces entraînements sans relâche. Pourtant, vint soudain une question qui le laissa pantois :

« Alors, dernière question, Monsieur Jean-Gérald. Je vais laisser une personne, que vous connaissez probablement, rentrer dans la pièce afin qu'elle vous la pose elle-même.

— Oui, alors, quelle est cette question ? demanda le candidat sur un ton bravache.

— Et, euuuh, tu as préparé les médaillons de veauuu ? »

À ces mots, Jean-Gérald perdit de l'altitude. Lui poser cette question si inattendue. Ce talon d'Achille. Il se demandait bien comment répondre à cette question ultime de l'univers qui est la clef de voûte de tout fonctionnaire en devenir.

« Ah, vous m'avez eu, c'est mon point faible ! s'écria Jean-Gérald.

— NON ! souffla Léopold à l'autre bout de la pièce.

— Allons, allons, monsieur, dit un des jurys. On ne souffle pas !

— Ah, j'y suis, s'exclama Jean-Gérald. La réponse est "non" ! Phrase dite par Léopold en juillet 2006, face à Monique, qui vient de poser la question.

— Vous dites ça car il a soufflé ?

Le concours des impôts

— Hé bien, si je dis "oui", je devrai repasser le concours une 8ème fois, donc je vais dire "non" une nouvelle fois.

— C'est votre dernier mot ?

— Oui, Jean-Pierre ! »

En répondant cela, Jean-Gérald a enfin débloqué le succès "passer le concours une énième fois" mais n'a hélas pas eu assez de points à cause d'une malédiction ancestrale de quand il avait renversé un cendrier d'un haut fonctionnaire dans une autre vie. Le jury devint féroce et le nota salement sans raison apparente comme les sessions précédentes.

Il trouva nonobstant un travail comme éplucheur de patates dans la cantine d'un centre des finances publiques, et y écoula des jours heureux, payé environ 800 € par mois. Une vie accomplie et pleine d'expériences toutes aussi folles les unes que les autres. Ah, on me dit à l'oreillette qu'il n'est pas non plus fait pour les emplois sans possibilité d'ascension sociale, ni pour travailler à temps partiel, ni les RTT ni les primes de fin d'année. Il vit donc heureux seul dans son quartier d'origine à gratter des romans anti-commerciaux qui ne se vendent jamais.

Fin (heureuse ?)

Chapitre VI

Jean-Daniel et Michel sur la correction

Michel et Jean-Daniel discutèrent sur le monde de l'édition, puisque Michel était un éditeur installé dans la ville de Strasbourg. Il connaissait potentiellement les tendances du moment, et les ficelles du métier : « Et donc, comment se déroule la phase de correction, Michel ? demanda Jean-Daniel.

— C'est très simple, le manuscrit est soumis à un correcteur professionnel, et il truffe le document d'annotations, comme la modification du style, les fautes d'orthographe, les fautes de frappe, et tout ci, et tout ça.

— Ça doit être long. Si vous voulez, j'ai sur moi un extrait d'une page du manuscrit du chef Mario, il m'a noté l'adresse d'un restaurant conseillé dessus.

— Une feuille imprimée ?! Faites voir, il y a une de ses recettes secrètes, dessus ??? » s'impatienta l'éditeur en confisquant la feuille des mains de Jean-Daniel, lequel répondit en disant :

« Non, monsieur, rétorqua Jean-Daniel. Simplement un extrait de son ouvrage personnel "Le temps des ravioli". Il s'est servi de cette feuille comme brouillon à cause d'une erreur d'impression.

— Et vous voulez que je fasse une démonstration de correction là-dessus ? l'interrogea Michel. Vous savez que je suis éditeur, et non correcteur ?

— Oh vous devez avoir des notions j'imagine !

— J'ai déjà animé un atelier de relecture dans une association littéraire, c'était il y a 10 ans, donc je veux bien essayer, mais c'est bien parce que c'est vous. »

Michel se mit à lire l'extrait de papier sur lequel l'adresse était présente. Il fronça les sourcils et lisait chaque mot à voix haute dans un zozotement inaudible. Puis il se mit à trouver des fautes rien qu'en examinant le feuillet à l'œil nu :

« Le mot "clou" ne prend pas de "x" au pluriel ! s'exclama-t-il.

— Ah, ben voilà ! Vous voyez que vous pouvez le faire.

— Certes, mais il y a aussi une faute à "girofle", on l'écrit avec un "f", et non le digramme "ph". Franchement, tant que j'y suis, je tiens à décerner une mention spéciale pour l'utilisation de la police d'écriture Comic Sans, j'ignorais que ça existait encore en 2025.

— Quel diagnostic avancé, vous semblez expérimenté dans le domaine de l'imprimerie, en plus.

— Cela fait partie du métier. Tenez, je vous rends votre papier. Il y a aussi une faute à "saucisse", il a mis un "s" de trop ! » dit-il en rendant le papier à Jean-Daniel, qui ne tarda pas à le relire de son côté. Après l'avoir examiné brièvement, il posa encore une question à l'éditeur :

« Où est-ce que vous voyez un "s" de trop, Michel ?

— Vers la fin du document, là, désigna-t-il avec son index.

— Effectivement, il a écrit "saucisse" avec trois "s". C'est la première fois que je vois ça de ma vie, répondit Jean-Daniel.

— Monsieur Lavigno ne semble pas très expérimenté en écriture, mais puisqu'il ne s'est jamais fait éditer, c'est probablement normal à ce stade.

— Oui, mais quand même, faire des fautes comme "bol" écrit avec e, a, u… Euh…

— Je pense que cet écrit coûterait trop cher à corriger, même la maison à compte d'auteur la plus étriquée qui soit n'en voudrait pas, j'en mettrais ma main à couper. »

Michel lui expliqua également le processus de sélection des manuscrits, puisque Jean-Daniel semblait très curieux à propos de l'ensemble du processus d'édition.

« Quelles sont les modalités pour se faire éditer chez vous ?

— Alors, il faut que le manuscrit corresponde à la ligne éditoriale de ma maison d'édition, répondit Michel.

— Mmh… Et pouvez-vous me dire quelle est la ligne éditoriale de votre maison ?

— Alors, nous publions toutes sortes de manuscrits, surtout en rapport avec la littérature luxembourgeoise. Mais à force de n'avoir aucune proposition, j'ai élargi la ligne éditoriale à à peu près tout.

— Et comment on envoie un manuscrit, chez vous ? se demandait Jean-Daniel.

— Il faut un livre au format A5, précisément, avec du papier bouffant à 80 grammes, et une couverture en velours rouge, avec un laminage en feuilles d'or dessus.

— Diantre, pas étonnant que peu d'auteurs viennent chez vous. »

Les deux hommes discutèrent ainsi pendant une partie de l'après-midi. Michel montra toute sa collection de manuscrits édités jusqu'au vertige. Entre des manuscrits comme "L'académie des lampadaires", "Le clocher sonnera 24 fois" ou encore "Utilisation de Windows XP en 2025", il y avait de quoi satisfaire tous les lecteurs possibles et imaginables.

FIN

Chapitre VII

Nathanouille et l'urbex

Ce recueil d'histoires en trois chapitres retrace mes échanges avec quelqu'un sur Discord. Féru de modélisation, de trains et d'urbex, mon ami Nathanouille n'a pas fini de me surprendre. Il avait tenté, parfois en vain, de créer des histoires sur l'urbex, qui dépassaient rarement la longueur d'un paragraphe. Lorsqu'il parvenait à écrire, ses histoires partaient souvent en vrille, avec des détails absolument surréalistes. Devant autant d'indéfinissable, j'ai décidé de faire une compilation de mises en scène qui retracent mon histoire d'amitié avec Nathanouille. Sacré Nathanouille.

Aujourd'hui, Nathanouille a décidé d'écrire une histoire sur l'urbex. « Je vais écrire un roman sur l'urbex » dit-il. C'est ce qu'il fit sur son smartphone, puisque Nathanouille en possédait un, et qu'il ne pouvait pas utiliser d'ordinateur fixe. Tout cela en raison d'une malédiction qui lui tomba dessus au mois de janvier. Il avait découvert la modélisation 3D, et travaillait dessus énormément. Constatant cet engouement, le Sort, le plus grand rabat-joie de tous les temps, lui dit ainsi (il a pas besoin de smartphone pour s'adresser aux gens, il peut casser toutes les parois du monde pour parler à qui il veut) : « Tu passes trop de temps derrière ton écran, je vais donc confisquer le tout » Alors que Nathanouille ne totalisait que 58 heures de modélisation par jour.

Le jeune adolescent fut bouleversé par cette restriction, et chaque individu, chaque parent, chaque animal alimentait cette interdiction et la frustration qui en découlait. À croire qu'au-delà du simple fait de priver, les personnes sujettes à des passions ou addictions doivent entretenir un esprit de culpabilité. Du coup, Nathanouille, qui se faisait chier comme au premier jour de la Genèse, décida de rester dans son lit. Il discuta avec Matathias, qui lui racontait sa vie palpitante, comme par exemple, ses multiples passages de concours. « Je trouve pas de travail fixe, mais grâce à l'administration fiscale, je chauffe des sièges trois jours par an en passant des concours, et en me faisant recaler aux oraux systématiquement, parce que j'ai une coiffure trop longue, que j'ai dit avoir écrit un livre dans ma vie, ou simplement parce que le personnel est de mauvaise humeur, prout. Donc j'écris pour passer le temps. » Ainsi, Nathanouille lui suggéra d'écrire un roman en sa compagnie avec pour thème : l'urbex. Ou exploration urbaine. Ah, quelle idée merveilleuse. Créer sa propre histoire, créer un univers entier avec un texte si consistant qu'il pourrait faire l'objet d'une édition à part entière, une vraie épopée. C'était durant le mois de février.

Nathanouille revint un mois plus tard avec un texte sous le bras. Il avait montré un extrait auparavant à Matathias, qui avait approuvé le fond, et plus ou moins la forme. Mais là, Nathanouille semblait avoir continué pendant un mois de travail complet. Il l'annonça à Matathias sur le réseau social Diskorde. « Tout est parfait, pas une faute » dit-il. Alors, Matathias téléchargea le fichier et l'ouvrit. Et la surprise fut immense. Le style était foisonnant, pas une seule faute, comme il le disait. Il aurait juré que c'était Jeannot d'Ormesson qui avait écrit tout ce récit, avec sa grande verve d'écrivain connu, si on ne le lui avait pas dit. Parlons de la longueur ! Le document totalisait deux paragraphes rédigés avec finesse. Le voici dans sa totalité : *« Le lindi de 2026 nathanouille se faisais chié sur son ordi a modélisé des train en 3D, alors yanisso il jouait a train simulator lol mdr. nathanouille dit et si on allais visité des train ok répondit yanisso alors on part le lendemhein et toux dun cou on va dans une gare dézafécté et un controleur arrive je pete alors on par en couran lol mdr fin »*

Toute l'essence palpitante de l'urbex était là. La richesse des personnages était soigneusement retranscrite, grâce à tout le brio de l'imagination de Nathanouille. Aucun détail ne semblait manquer, tout répondait "présent". Le contexte historique, la personnalité solidement décrite des personnages, leur but dans la vie, et leur quête dans les souterrains de la SNCFF. Le tout dans une ambiance et une description des évènements qui laisseraient même Marcelino Proust pantois. Sans évoquer la consistance du manuscrit, qui ferait de lui un candidat idéal pour être édité chez Gallimardemard du premier coup. Matathias fit néanmoins une petite remarque au sujet de ce manuscrit en or.

« Je crois que ça s'écrit *lundi*, dit-il sans vouloir froisser le génie de Nathanouille.

— Chut, répondit-il.

— Et tu comptes faire la suite ? Où est passé l'autre fragment de texte ? lui demanda Matathias.

— Je ne l'ai plus. » C'est sur ces bonnes paroles que Matathias devina que Nathanouille, en plus d'être un génie, était également un modèle d'individu organisé, parmi la masse de fichiers de son ordinateur.

En dépit de cet oubli majeur, Matathias avait sous ses yeux un véritable fleuron de la littérature française. Les yeux écarquillés et la mâchoire béante, il réfléchissait soudain à l'avenir radieux de Nathanouille dans ce domaine. Allait-il décrocher le coquetier d'un coup, et se faire éditer chez Gallimardemard ? Être invité dans toutes sortes d'émissions prestigieuses, allant de Ruquier jusqu'à Pivot ? Voire intégrer de son vivant la Pléiade ? Le doute était encore permis à ce stade. Mais même après ce prolifique mois de travail, Nathanouille émit une remarque témoignant de sa modestie et sa tendance à se remettre en question : « Peut-être que les histoires de trains vont saouler les gens, je vais changer de sujet. » Matathias lui proposa de faire en sorte que le récit se déroulerait dans les bureaux de la SNCFF. Par exemple, le récit commence dans une gare désaffectée, puis lui et Yanisso exploreraient les coulisses de cet endroit, après avoir visité un peu l'intérieur de la gare.

Deux semaines plus tard, Nathanouille revint avec son manuscrit rectifié. Il avait dit qu'il avait permuté le récit sur autre chose que les trains. Matathias avait imaginé qu'il avait soigneusement rédigé un début d'aventure dans la gare vide, puis après quelques passages palpitants, les héros décidèrent de visiter les locaux de l'endroit, mais en ouvrant le document écrit par Nathanouille, il découvrit quelque chose de tout autre. Nathanouille et Yanisso n'avaient rien visité du tout. Pourquoi développer une histoire, quand on peut juste recommencer les descriptions à zéro, faire table rase malgré le peu d'éléments apportés, et partir sur une toute autre intrigue ? Avec toujours autant de soin apporté à l'orthographe : *« Le lindi de 2026, nathanouille et yanisso se faisais toujour chié derrière leur ordi alors nathanouille a dit et si on allait visiter une uzine ok, répondit yanisso, super idée. alors ils vont devent une uzine et puis c'est juste a cauté d'un train et j'aime les trains mais je pense que sa soule les gens alors on va dire c'est une uzine de pièces pour les trains et yanisso rentre il dit aaaah un fantome en fait c'étais un morceau de plastique suspendu prout lol »*

Incroyable. Ce n'est pas l'orthographe qui forgeait la langue française, mais c'était l'usage de la langue qui forgeait l'orthographe. Et Nathanouille semblait la manier avec un brio exceptionnel. Il soutenait toujours qu'il n'y avait aucune faute. Plutôt que de lancer le correcteur, il a dû décider d'envoyer son texte intégral à l'Académie française entretemps pour leur faire officialiser l'orthographe du mot "lindi". Soit ça, soit Nathanouille n'a rien corrigé, mais oserions-nous douter des propos d'un génie pareil, et de son travail acharné.

Surtout lorsqu'il y a une réelle quantité de mots. Nathanouille, après ces deux mois de rédaction intensive, n'en pouvait plus. Deux paragraphes en si peu de temps, cela relevait de l'exploit. Ainsi a-t-il confié la suite de la rédaction à Matathias, qui ne savait pas par où commencer devant autant de génie, de facilité (dans tous les sens du terme) avec la langue française, et de dextérité dans le vocabulaire. Même les normes typographiques étaient présentes, si bien que même un moine copiste serait tombé à genoux devant autant de grâce. Une question se posait tout de même : « Où sont les phylactères ? » demanda Marcelino Gotlib ressuscité. « Aaaaah ! » firent Matathias et Nathanouille, alors qu'ils étaient en train de manger du reblochon sur les marches de l'entrée d'un centre des impôts.

« Moi, devant le centre des Finances Publiques. Fermé, parce qu'on était jeudi, dit Monsieur C.

— Maintenant, c'est fermé les trois quarts de la semaine, ajouta Matthias.

— En parlant de "C", vous, il vous faudrait plutôt passer le concours de catégorie C ! » ajouta Madame B. avec sa voix pincée.

FIN

Chapitre VIII

Le retour de Nathanouille

Nathanouille, le retour. Pour nous jouer un mauvais tour. Mais pas afin de préserver le monde de la dévastation, ni rallier tous les peuples à sa nation. Au lieu de ça, Nathanouille, après avoir rendu son texte de 2 paragraphes après 3 intenses mois de travail, demanda à Matathias, un homme qualifié, de faire la suite.

Sauf qu'une fois derrière son ordinateur dédié à la rédaction, l'homme de lettres n'arriva pas à saisir la quintessence du texte rédigé par Nathanouille.

Tant d'intrigues, de détails apportés à la rédaction. Tant de péripéties d'un coup, que Matathias se sentait bouleversé. À moins que ça soit à cause du fait qu'il ait eu une énième opportunité d'emploi loupée à cause d'un détail quelconque en dépit du divin CV qu'il possédait.

Prenant son courage à deux mains, Matathias corrigea le texte avec tact, et offrit un nouveau contexte à l'histoire. De vrais dialogues. Une vraie mise en page. Tout se passait bien, il en était à commencer à écrire le moment où Nathanouille et Yanisso se rendaient à la gare… Euh, l'usine… Merde, Matathias a finalement choisi un hôpital, comme élément d'intrigue. Qu'importe, cela permettrait de compenser ses carences sanitaires. Bref, Nathanouille n'avait pas précisé le nombre de personnages présents durant cette session d'urbex. Ainsi, Matathias lui demanda, toujours sur Diskorde, combien il devait y avoir de personnages. Nathanouille, le cerveau déluré du projet, répondit : « Alorre il va y avoir Yanisso, Clémentina, Sévrine, ma concierje, toi, moi, Saturnin, Patrick, Jean-Eudes, Nostradamus, et Jul. »

Que du beau monde. Suite à ce nombre de consignes absolument loufoque, et même si Matathias avait 20 années d'expérience en tant que programmeur derrière lui et que la prise de tête ne lui faisait plus peur, il n'arrivait plus à suivre ce qui était indiqué. Puisque Nathanouille, dans le cadre d'une histoire d'exploration discrète et nocturne, avait annoncé tous les noms du calendrier grégorien. C'est sûr que quand on sort la nuit, il est normal de vouloir être nombreux. En réaction, Matathias se mit à danser une *prisyadka* et à rédiger l'annuaire téléphonique de 2025 édition limitée avec des noms au hasard, témoignant d'une ingérence absolue, qui a conduit même ce lumineux esprit à dérailler.

Car c'est par la vertu que finissent les plus belles histoires, ils vécurent heureux, et eurent beaucoup d'enfants, à collectionner des trains qu'ils entreposèrent sur des lignes désaffectées d'un terrain appartenant à Matathias. En revanche, malgré les sommations de Matathias, Nathanouille n'avait jamais relu son texte qu'il avait enfin réussi à déchiffrer et corriger.

Fin Heureuse.

Chapitre IX

Nathanouille et l'ambulance

Un lyndi matyn de 2047, vers 14h12, Nathanouille était en train de chyer un bon coup dans les chyottes de ses parents, vu qu'il n'a jamais trouvé de taf, et qu'il vivait encore chez eux. Ils étaient séparés, mais le temps a tellement passé, et ils avaient tellement plus de pognon, qu'ils ont décidé de se remettre ensemble.

Alors, il y a squatteur n° 2, alias Yanisso, avec qui il parlait toujours sans cesse sur Dyskord, puis il lui a proposé de vyzyter des lieux très pas connus, et très vides de monde. « Wesh, Yanysso, et si on allait visiter l'ambulance abandonnait en face de chez moi ? » qu'il a dit. « Oé, je suis tro partant, mdrrr. » diza-t-il.

Alors, puisque le mode téléportation était activé, il vynt chez lui en un rien de temps.

« Reugardeuh, dit Nathanouille. Y'a une ambulansse devant chez moi.

— Il est où, le "c", dans "ambulance" ? dit l'acteur dans le film.

— Ah ouais, y'a bien un "c" dans "ambulance", répondit Yanisso.

— Oui, mais reugardeuh, elle est devant chez moieuh. »

Ils se rendirent devant le véhicule en question. Nathanouille proposa de rentrer dedans pour l'explorer. Mais un homme apparut à la fenêtre ouverte.

« Bonjour, je suis le marchand de glaces ! s'écria l'homme.

— Oh, un marchand de glaces ! dit Nathanouille.

— Ben quoi ? Vous pensiez qu'il vendait des quilles ? lui lança l'acteur.

— Hé non, je ne vends pas des quilles, mais des bonnes crèmes glacées ! dit le vendeur. Qu'est-ce qui vous ferait plaisir ? Vanille, fraise, pastèque ?

— Moi, je prendrais bien une glace au café noir, lui demanda l'acteur. Bien serré, et court, comme mon budget et ma carrière. »

Nathanouille leur expliqua qu'il pensait que le véhicule était en fait une ambulance. De loin, il est vrai que la couleur blanche pouvait prêter à confusion. Mais il n'arrêta pas la description ici.

« Et en fait, moi et Yanisso, on pensait qu'il y avait une dame dans l'ambulance, et qu'elle était à moitié morte, avec des yeux tout rouges, et…

— Minute, Nathanouille, moi j'ai rien dit ! contesta Yanisso.

— Pipi, dit Francis Mitterrande qui passait par là.

— Oui, et puis, la femme après, on imaginait qu'elle se mettait à se lever, avec une perfusion de café sur le bras, à dire que sa vengeance sera terrible, alors y'a des flammes vertes qui lui sont sorties de ses yeux, et l'ambulance s'envole dans le ciel, et elle a éclaté comme un feu d'artifice.

— Mais pas du tout, tu m'as proposé de visiter des lieux interdits, répondit Yanisso. J'étais d'accord, et soudain, tu parles de visiter une ambulance en face de chez toi... Qui n'était pas une ambulance du tout, mais un marchand de glaces.

— ... Et vous semblez également totalement ignorer l'existence de ce récit avec l'histoire de la dame aux yeux verts, ajouta le marchand de glaces.

— Oui, répondit Yanisso. Je sais pas d'où il sort ça. Et puis, Nathanouille, il commence à trembler et à faire les yeux ronds.

— Puisque vous semblez aimer les ambulances, dit l'acteur, on va en appeler une vraie, afin que vous puissiez visiter l'intérieur. Et vu la nature de votre histoire, vous allez faire également un petit séjour à l'hôpital, je pense que ça vous fera le plus grand bien. »

Après quelques autres échanges, Nathanouille commençait à avoir les yeux qui partaient dans tous les sens, et ses histoires étaient de moins en moins cohérentes, à mesure que ses deux yeux divergeaient. Il reçut un appel. Yanisso prit son téléphone portable pour décrocher à sa place.

« Salut, Nathanouillonnet, c'est papa ! dit une voix au bout du fil. Tu as oublié de prendre tes cachets de neuroleptiques.

— Vous inquiétez pas, monsieur, on va appeler une ambulance, il commence à divaguer, mais il va bien, dit Yanisso.

— Je l'appelle tout de suite, dit l'acteur.

— Ahah, houhou, agou, prout glop ! » poussait Nathanouille, alors que l'appel prit fin. Une ambulance arriva vingt minutes plus tard, à l'issue desquelles l'acteur dit : « Pas trop tôt ! ». Nathanouille fut emmené dedans par les brancardiers. À force de gigoter, il a hélas fichu une tape à une des infirmières qui était venue sur place.

« Ma vengeance sera terrible ! dit-elle en faisant des gros yeux verts.

— Ça alors, ça me rappelle quelque chose… souffla le marchand de glaces, toujours à la fenêtre de son véhicule.

— Nathanouille avait dit ça, dans son histoire, dit Yanisso. En fait, ça doit juste être un putain de visionnaire.

— *Ce lyndi*, dit Nathanouille, comme s'il notait tout, *je suis zallé voar une vraie ambulansse, et c'était vraiment chouette !*

— Au moins, ça lui aura fait découvrir l'existence de ce splendide véhicule qui sauve des vies tous les jours. » ponctua l'acteur.

Lui, Yanisso et le marchand virent l'ambulance s'éloigner dans la rue, avec le gyrophare sur "on". Sa sirène fondit vers le silence. Les trois individus ne savaient plus quoi penser de cet étrange évènement. Mais l'acteur reprit la parole.

« Bon, ben, moi, dit l'acteur, je vais rentrer dans mon repai… Euh, dans ma maison.

— Mais on sait que vous êtes l'acteur dans le film dont on a oublié le nom, et qui dit "ambulance" et pas "amblance".

— Ce n'est pas grave, dit le vendeur. Vous avez aimé la glace au café noir, au moins, monsieur ?

— Moi, je prendrais bien une glace vanille fraise, pour le coup, s'il vous plaît, demanda Yanisso.

— J'avais aussi des sorbets en forme de gyrophares rouges, dit le vendeur. Quelle coïncidence… »

Plus tard, Nathanouille était rentré chez lui après l'administration de trois sédatifs pour chevaux. Son comportement était redevenu normal. Ses parents le retrouvèrent avec autant de vigueur qu'une méduse crevée, mais il avait toujours cet appétit pour écrire. Ainsi, après trois mois de dur labeur, il sortit une super nouvelle sur le site de *TheBoucEdition*. La nouvelle ne faisait que deux paragraphes, rédigés dans un français mal orthographié. Pour correspondre au minimum de 40 pages exigé par *TheBoucEdition*, il ajouta des mentions légales et des tonnes de pages blanches. L'ouvrage ne connut pas le succès escompté, et reprenait la même histoire.

C'est-à-dire celle de la femme qui avait des flammes avec des yeux verts, et tout le bordel que vous avez déjà lu plus haut, cher lecteur. On avait également découvert qu'il sniffait du crack en cachette, ce qui n'aidait pas, vous en conviendrez, avec ses problèmes d'humeur. Nathanouille se mit à péter, et il en était très content.

FIN absolue des histoires de Nathanouille « qu'étions bien étranges, et encore plus vers l'fin » ajoutions l'Saturnin, tout en soupiotant dans l'flûtiau.

Chapitre X

"Problemos" en version soutenue

Quand je naviguais sur YouTube, je croisais souvent des vidéos contenant des extraits de films. Il m'arrive donc de voir des scènes, plus ou moins amusantes, impliquant des acteurs connus, ou moins connus. Parmi eux, je me souvenais sans cesse du moment assez culte, avec Éric Judor, qui incarne un père de famille. Dans le film « Problemos », un dialogue s'installe entre lui et un personnage nommé Simon. Ce dernier prononce l'expression « 4x4 » comme « quatreuh-quatreuh ». Une *inner joke* potentielle. Voici donc ce même extrait de film, rédigé de façon inutilement soutenue.

Recueil d'histoires encore plus profondes

Un jour ensoleillé, dans un camping, le jovial Simon, un des nombreux occupants de ce charmant endroit, passait dans les environs, allant à la rencontre des nouveaux arrivants. Venant devant la famille d'Éric, et sa voiture, tout en faisant des commentaires sur son aspect, il dit la phrase suivante :

« Vous excuserez cette question un peu abrupte, monsieur, mais êtes-vous l'heureux détenteur de ce véhicule motorisé à quatre roues motrices de couleur grise ? demanda Simon à son interlocuteur.

— Plaît-il ? répondit Éric.

— Ce véhicule motorisé à quatre roues motrices, dites-moi, en êtes-vous l'heureux détenteur ?

— Hé bien, mon ami, avoua Éric, pour tout vous dire, il s'agit simplement d'une location à laquelle j'ai procédé avant de venir au campement.

— Oyez, oyez, car voici une anecdote amusante : figurez-vous que je possédais jadis un véhicule motorisé à quatre roues motrices de couleur noire. »

Un silence pesant s'établit entre les deux protagonistes. Éric regardant d'un air quelque peu perplexe face la démonstration d'amitié un tant soit peu incongrue et précipitée du dénommé Simon. Soudain, il décida de trancher la conversation en disant : « Ah oui, fort bien. Voilà qui est amusant. »

Et il s'éloigna vers la foule des autres occupants du camping, accompagné de sa femme tout autant coite, et de sa fille qui jouait à la console vidéo portative de marque Nintendo® pendant tout ce temps, déconnectée de tous ces dialogues adultes pompeux.

Chapitre XI

Nestor

Un prénom souvent associé au métier de majordome. Et de fait. Nestor a eu une enfance ordinaire, dès le début de sa vie, il a entamé des études comme la plupart de ses semblables. Il était remarqué pour son assiduité, sa tenue et sa tendance à vouloir rendre service.

Plus tard, à la période adulte, il orienta ses études vers les services d'hôtellerie. Il y avait beaucoup de gens présents parmi les étudiants. Alors que les étudiants en médecine ont pour habitude de sortir en boîte après les études, ceux en droit ont pour habitude de lancer des parpaings sur des maisons, les étudiants en hôtellerie jouent au billard en dehors des heures de cours.

« Alors, quels seront vos projets, quand vous aurez votre diplôme de maître d'hôtel en poche ? lança un des étudiants.

— Moi, répondit Nestor, je vais aller postuler chez une famille noble. Ils ont une fille que j'aimerais épouser.

— Ah, ah, ah, rit un autre. Et tu penses que c'est comme ça que tu conquerras son cœur ? C'est peut-être une bonne façon de pouvoir la revoir, mais pas d'obtenir ses faveurs. »

En effet, Nestor avait suivi cette formation, car il avait connu jadis une jeune fille de son âge, qui a su conquérir son cœur. Cependant, sa famille avait décidé de renoncer à leur titre de noblesse. Ainsi, les parents de la jeune fille avaient décidé de ne plus les recevoir, puisqu'ils étaient devenus des citoyens ordinaires. Nestor ne s'arrêta pas là, et décida d'orienter ses études vers le domaine de l'hôtellerie, afin d'espérer intégrer la famille de la fille de ses rêves.

Hélas, tout n'était pas si simple. Après l'obtention du diplôme, des années plus tard, il revint postuler à la maison de la famille noble, afin de diriger l'équipe des domestiques. L'homme qui fut diplômé avec mention ne fut pas reconnu par la famille, et précisa qu'un majordome travaillait déjà pour eux. Nestor s'était donc résolu à postuler ailleurs pour subvenir à ses besoins, et enrichir son parcours personnel. Mais il n'oublia jamais l'existence de la jeune fille. Cela pourrait expliquer son air quotidiennement profond, et l'expression neutre de son visage.

Son quotidien était relativement monotone. Il s'adressait chaque matin au propriétaire des lieux pour lui demander quelles tâches effectuer. Il transmettait ensuite les ordres aux domestiques. Puis il recevait les invités. Les aidait à se déshabiller, et à se rhabiller. Bref, une vie de majordome tout-à-fait ordinaire.

Sauf qu'un jour, un jour pas comme les autres, Nestor apprit que la famille de la jeune femme allait venir prendre le thé. Soudain, la tension de la revoir refit surface. Certaines domestiques l'appelaient pour aider à ranger des draps. Il se dirigea vers elles en tremblant. Ses gestes devinrent brusques et saccadés. Après avoir effectué quelques tâches, il s'isola alors dans une pièce, pour essayer de se recentrer. « Cela fait si longtemps que je ne l'ai pas revue, et voilà que ce jour arrive » dit-il. « D'une façon si impromptue, qui plus est. Je dois garder mon calme ! » Pourtant d'une nature posée, l'idée de la revoir le rendait absolument tendu. Allait-elle le reconnaître ? Serait-elle accompagnée d'un autre homme, ou était-elle encore célibataire ? Comment allaient se passer les "retrouvailles" ?

Le temps passa. Nestor commençait à retrouver son calme. Les heures défilèrent. Quinze heures, seize heures, puis dix-sept heures. L'heure fatidique. Il ne se rendait pas compte du temps qui passait, mais voilà que vint l'heure H. *"Ding, dong"* sonnait-on à la porte d'entrée. Nestor était au premier étage, et entendit la sonnette. Il avait failli manquer une marche au moment de descendre pour ouvrir aux invités.

Le trac avait atteint son paroxysme, alors qu'il faisait face aux portes d'entrée. La lumière du dehors passait à travers les vitres. Une lumière aveuglante comme si un ange envoyé par Dieu attendait derrière. Mais tout ce qu'il y avait, étaient des silhouettes de gens qui voulaient que l'on vînt leur ouvrir. « Bonjour, mesdames, messieurs » dit-il. « *Gasp !* » ajouta-t-il en voyant la jeune femme. « Bonjour, monsieur le majordome ! » lança le père habillé en costume noir, et coiffé d'un haut-de-forme. Les invités rentrèrent, et confièrent petit à petit leurs habits. Nestor sentit son cœur battre d'un coup, en voyant la femme lui confier ses habits. Il en était recouvert. Il les confia à une domestique qui allait les mettre en lieu sûr.

Nestor constata cependant la présence d'un homme qu'il n'avait jamais vu auparavant, en plus de la mère, du père, et de la fille de ses rêves. Il ressentait un pincement intérieur, comme un grand doute en le voyant. Il espérait qu'il ne fût qu'un cousin de la famille, plutôt que d'un prétendant qui pourrait lui piquer sa conquête. Mais Nestor gardait son sérieux inébranlable, et restait réservé. Il vint au salon, les hôtes allèrent à leur rencontre. « Ah, vous voilà, Gustave ! » s'exclama le propriétaire du domaine devant le père de la fille. Nestor avait spécialement choisi de postuler pour travailler chez eux, car il savait que la famille connaissait les parents de la jeune fille. Sa stratégie aurait donc fonctionné, au grand dam de ses détracteurs. Mais jusqu'où allait-elle opérer ? Et toujours aucun indice sur la présence de l'homme parmi eux. Nestor voulait attirer l'attention sur lui.

Il resta debout dans la salle, coi, scrutant les invités de loin. Son cœur battait la chamade à chaque fois qu'il voyait la fille regarder en sa direction, ou qu'elle interagissait avec l'homme qui était assis juste à côté d'elle. Même s'ils n'échangeaient aucun baiser, ni témoignaient d'une affection particulière pouvant laisser sous-entendre une parade nuptiale, Nestor restait assez sceptique. Jusqu'au moment où le père commençait à le regarder de loin, en fronçant les sourcils. Tout le monde se mit à discuter. À échanger. Nestor restait debout. Les hôtes ont commencé à lui demander ce qu'il faisait dans un coin de la pièce.

« Je reste à la disposition de monsieur, répondit-il en transpirant.

— Ah, mon bon Nestor, comme vous êtes serviable, dit l'hôte sur un ton mondain. Mais vous pouvez également revenir à vos tâches habituelles, si vous voulez. Vous allez avoir des crampes, à force de rester debout de la sorte.

— Par ailleurs, dit le père de la fille, corrigez-moi si je m'égare, mais maintenant que je connais votre prénom, j'ai réellement l'impression de vous avoir déjà vu quelque part… fit-il en sourcillant toujours.

— Euh… Oui, c'est normal, répondit-il, en sentant que c'était le moment de casser la vitre. Je suis le fils de M. Delafosse, enfin, anciennement, "De la fosse de la Courbevoie".

— Ah, mais c'est vrai, je me souviens de vous, s'exclama la mère. Quelle coïncidence de vous revoir ici. Je vous ai connu quand vous étiez si petit. Et vous voilà majordome, maintenant.

— Comme le temps passe, dit le père.

— C'est toi, Nestor ? » demanda la fille en robe blanche, tout en s'approchant de lui. Le majordome, lui, restait debout, figé. Elle s'était lentement levée de son siège. Il avait l'impression qu'il se passait en ce moment encore plus de choses que depuis qu'il l'a quittée pour des raisons de titres de noblesse.

« Oui, c'est moi, dit-il. Comme tu as changé, toi aussi, Rose.

— C'étions normal, dit l'homme qui était resté assis. La famille avions renoncé à leur titre de noblesse, donc z'étions plus tout-à-fait comme avant, mon bon m'sieur.

— Ah, j'oubliais, dit Rose. Lui, c'est Saturnin, un ami de la famille. Il voudrait postuler ici pour travailler comme jardinier.

— Mais alors… ? dit Nestor à voix haute. On pourrait se reparler comme avant, du coup ? Oh, quelle joie, cela fait si longtemps.

— Oui, nous avions hésité, dit le père. Mais voilà que nous avons également renoncé à notre titre de noblesse. Vive la république.

— Et vivions l'France » ajouta Saturnin. Ce qui ne manqua pas de faire rire tout le monde. Rose et Nestor se mirent à discuter ensemble alors que le propriétaire du domaine et sa femme étaient ébahis par de telles retrouvailles. Nestor lui expliqua combien il était à sa recherche depuis des années. Ils gardèrent le contact.

À force d'échanges, y compris par courrier, Nestor et Rose ont décidé de vivre ensemble. Ils se sont mariés peu longtemps après. La cérémonie fut célébrée en grande pompe. Même Saturnin était présent, pour y assister, puisqu'il avait été accepté en tant que jardinier. Nestor et Rose firent un baiser langoureux devant tout le monde, après avoir confirmé vouloir se marier.

« J'avions jamais vu un baiser aussi long ! » dit l'Saturnin.

FIN

NDLA : Ce récit a été écrit le 1ᵉʳ avril 2025, et ce n'est pas une blague, pour le coup. En espérant que vous avez apprécié cette petite nouvelle de quelques pages.

Chapitre XII

Auriane

Auriane est une fille de dix-huit ans d'apparence austère, mais vous allez voir dans cette nouvelle, que c'est parfois chez les personnes qui ont l'air le plus neutre, que les histoires les plus insolites peuvent arriver. Cette nouvelle est inspirée d'une histoire vraie, mais légèrement modifiée pour convenir à une narration complète, et pour masquer les vrais noms, accessoirement.

Oui, parce qu'en vrai, la fille en question ne s'appelle pas Auriane mais il lui est arrivé un incident fâcheux qui m'a inspiré à écrire une petite histoire. Comme une sorte d'hommage, et une façon de se souvenir de ce qui s'est passé.

Pour continuer sa description, si toutefois nous pourrions un jour décrire l'entièreté de cette personne à l'allure mystérieuse, dont à mon avis la personnalité est encore plus profonde que la distance qui nous sépare des autres galaxies. Auriane s'habille souvent en noir. Elle a des cheveux sombres, et un regard bleu très nostalgique.

Elle porte des lunettes à cadre noir. Son physique généreux évoque celui d'une femme d'un autre millénaire, comme une époque lointaine aux mœurs différentes, avec une esthétique différente. Auriane aime beaucoup la mode "décalée", qui sort de l'ordinaire. Elle porte des jupes noires, des collants, des trenchs, et se promène en claquettes-chaussettes chez elle. Soit par phénomène de mode, soit pour dissimuler ses pieds (elle semble avoir une phobie de cette partie du corps).

Et justement, c'est après avoir enfilé des Mary Janes qu'un jour, un jour pas comme les autres, elle fera une bouleversante rencontre. Imaginons un jour de printemps. Ça aurait pu avoir lieu en été, en automne, en hiver… Quoique, durant la saison de l'hiver, il semble difficile de sortir en chaussures ouvertes, vu le froid. C'est un coup à choper des engelures. Et quel que soit le niveau de phobie qu'on peut avoir d'un pied, leur aspect utile n'est jamais contesté.

Bon, bref, je crois que je m'emmêle les pinceaux, ou plutôt les plumes d'écriture, @%!#& !!! Donc, ce jour-là, Auriane se baladait en Mary Janes. Ce sont des chaussures en cuir, ou en cuirette. Avec un aspect monochrome, et dans son cas, un talon surélevé. Elles sont ouvertes sur le dessus et toutes noires. Auriane porte des chaussettes blanches avec. Sa jupe, plus haut, dévoilait ses cuisses plantureuses et sa peau diaphane. On aurait dit des jambons. Tout se passait de façon ordinaire, elle se promenait avec quelques amies, sur une route bitumeuse sur un square.

Mais soudain, maladresse naturelle d'Auriane ou fatalité, quelques instants après avoir marché dans le gazon, qui était encore un peu boueux, le talon de son pied droit s'enfonça dans la fange. Ne pouvant bouger aisément, sa marche fut interrompue, et elle trébucha sur place. Son genou droit s'était enfoncé à son tour dans la boue, ainsi que le côté de sa cuisse gauche. Auriane avait l'air désemparée, et ses amies faisaient la grimace.

Heureusement, comme sorti de nulle part, un jeune éphèbe arriva, et se dirigea vers elle. Il lui a demandé si tout allait bien. Auriane, assise au sol, était encore abasourdie. Même si elle avait mis les mains dans la terre, le jeune homme l'aida à se relever, n'hésitant pas à la prendre par la main. Il la tira vers le haut, et elle se remit debout sur ses deux pieds.

« Ah, merci, monsieur, dit-elle.

— Vous pouvez m'appeler Féodor, mademoiselle, répondit le jeune homme soucieux de son état physique.

— Je marchais tranquillement, quand tout d'un coup, je me suis cassé la figure dans la terre.

— Oui, dit-il. J'ai tout vu de loin. J'espère que vous ne vous êtes pas fait mal ?

— Non, mais mes chaussures sont pleines de boue ! Oh, comme c'est dommage, je ne les ai que depuis quelques semaines ! dit la jeune Auriane sur un fond de sanglots.

— On va arranger ça. » dit ce véritable héros, ce cavalier sorti de nulle part, qui l'accompagna jusqu'à une fontaine.

Les amies de la jeune Auriane étaient toujours là, et assistaient bouche bée à ce spectacle digne d'un conte de fées. Sauf une des amies qui était en train de textoter.

L'homme ouvrit d'une main le robinet de la fontaine, et de l'autre, il nettoya les genoux, et les chaussures d'Auriane avec un mouchoir. Puis il vint aux mains. Il les prit dans les siennes, et ils se regardèrent dans les yeux. Mais il n'en resta pas là. Ben oui, on est dans une nouvelle écrite par moi, si vous voulez des histoires à l'eau de rose, vous pouvez aller voir ailleurs. Il les a nettoyées, puis il en revint aux chaussures. Féodor frottait le dessous des semelles d'Auriane, puis lui demanda :

« Wesh, tu chausses du combien, mad'moiselle ?

— Du 37, pourquoi ? demanda-t-elle.

— Tu les vends, tes chaussures, ou quoi ?

— Euh, pas vraiment, répondit Auriane. Mais j'aimerais des points Roblox, et aussi des jeux sur Steam.

— Dans ce cas, t'as pas Snapchat, tu pourrais me montrer tes ieps, et puis après, je te donnerai des points, d'accord ?

— Ça marche ! » dit-elle.

Auriane

Bon, il y a parfois de belles histoires avec des fées, des princes, des dragons, et des princesses libérées, mais il faut savoir vivre avec son temps. Au XXIème siècle, les gens s'échangent toutes sortes de choses, sur les réseaux sociaux. Et Auriane était vraiment en besoin de points Roblox. Donc, finalement, quel mal font-ils ? Mmmmh ? Je vous le demande ? Vous avez quatre heures pour répondre à cette question existentielle.

Ils continuèrent cependant à se rencontrer dans ce square, souvent main dans la main, à se promener – cette fois-ci prudemment – dans les allées où des éclats de pétale tombaient des pommiers. Ils se roulaient des pelles généreuses, et Féodor faisait des bisous sur les pieds nus d'Auriane en tongs, sous les chants des oiseaux. On dirait presque un haiku. 'Fin, une p'tite histoire poétique japonaise. C'est une histoire un peu curieuse, mais bon. Fin heureuse, je crois ?

FIN

Par Matthias Delaune
Le vendredi 11 avril 2025

Chapitre XIII

La messe huguenote

Alors, pour cette fois, ça va être un récit de nature autobiographique. Rassurez-vous, je vais relater une expérience, qui ne se résumera pas à simplement décrire des éléments, mais à vraiment donner une perspective vivante à mon récit.

Je suis issu d'un milieu catholique. Vraiment. *No joke.* Je ne vais pas étayer là-dessus, puisque cela relève de la vie privée, et que ce n'est pas le sujet de cette nouvelle. Mais quand j'étais petit, je pensais que les catholiques n'avaient pas le droit de rentrer dans un temple protestant, et vice versa. C'était faux. Il y a une église protestante non loin de chez moi. Ainsi, durant le mois d'avril 2025, j'y suis rentré pour la première fois de ma vie.

Des temples protestants, des églises protestantes, je n'en avais retenu que des images. La curiosité chrétienne, voire la foi, m'ont poussé à pousser la porte (ou plutôt la tirer) de cette église. La cour pavée semblait déjà plus sobre que les édifices catholiques. Les cultes ont lieu à 9h, et à 11h tous les dimanches. Je suis arrivé à la bourre, vers 11h10. Le culte avait déjà commencé.

Le pasteur était présent, et récitait des versets de la Bible devant les fidèles. Je me suis assis au fond, devant une ancienne porte boisée qui semblait condamnée. C'est fou... Les fidèles rentraient par une porte latérale en verre. L'ancienne porte n'était plus utilisée et était face à un mur. J'ai vu, dans cet agencement, toute la vibration du culte protestant. Là où les catholiques pourraient y voir une simple commodité, ceux qui tiennent ce lieu ont décidé de ne plus utiliser la lourde porte en bois, trop chargée de motifs, trop lourde, trop imposante, pour finalement créer un accès latéral. Un accès plus moderne, moins orné, mais plus direct, plus lumineux.

Même à l'intérieur, le plafond était moins haut. Les vitraux, très sobres. Aucune icône, symbole ou image dessus. Que des formes abstraites comme des ronds, pour orner le tour des fenêtres. La lumière entrait abondamment dans l'église. Pas de bancs bien cirés, juste des chaises modestes (quoique, selon mes souvenirs, même dans les églises catholiques, ils rajoutent souvent des chaises pour étendre le nombre de sièges utilisables). Bien alignées, devant un pasteur. Il n'est pas au-dessus des gens, il est à l'horizontal. Il n'y a pas d'autel. Juste des musiciens sur une estrade, et un ingénieur du son, tout le monde est habillé comme vous et moi. Même le pasteur, il n'avait pas de chemise noire à col blanc, mais il était habillé comme un civil, presque. Rétrospectivement, je trouvais qu'il faisait penser à Steve Jobs ou FastGoodCuisine.

Au loin, un grand écran pour lire les prières, et aux murs, quelques boiseries. Il y avait une sorte de plateforme en bois au-dessus de ma tête, et de celles de ceux qui étaient à côté de moi. Et quelques croix huguenotes pour orner le bois, mais rien de très fastueux, ni excessif. Là où les églises catholiques, les cathédrales, etc. débordent de détails, puisque ce sont des édifices à la gloire de Dieu, et que les ouvriers chrétiens les ont construits avec des voûtes gigantesques, des vitraux colorés qui représentent des figures chrétiennes, des portes immenses, etc.

L'église protestante est moins vaste. Il n'y a pas de statues, d'icônes, de fresques, etc. Tout est vraiment au minimum. Au loin, sur une table, je voyais même une sorte de coupole argentée avec une croix en forme de "+" dessus. Je pense que c'est là que ceux qui organisent le culte dominical stockent le pain et le vin de la Sainte-Cène (ce rituel se nomme Eucharistie chez les chrétiens catholiques). Les protestants n'ont donc pas de tabernacle. Mais il y avait quelque chose de beau et épuré tout de même dans cette façon de servir le pain aux fidèles.

Le pasteur récitait quelques versets de la Bible. Il y avait des fidèles de tous les horizons. J'ai vu des personnes âgées, plus jeunes, des enfants, et même des personnes d'origine différente. Finalement, le déroulement n'est pas si différent d'une messe catholique. Mais à chaque moment où le pasteur faisait silence, quelque chose changeait terriblement par rapport aux messes catholiques. À chaque phase de silence, c'est comme si je sentais devoir faire une révérence au prêtre ou montrer une sorte d'acte de soumission. Il surplombait depuis son autel, et on devait comme lui faire un acte de reconnaisance, à lui qui a voué son existence au Christ, à la croyance. Chez les protestants, ce moment de silence signifie le moment où on s'aligne avec le Christ, plus qu'avec le pasteur, qui semble effacé. La croix de plusieurs mètres de haut semblait prendre plus d'importance que quiconque. J'ai cru faire un arrêt cérébral à ce moment-là. En gros, on devait prier la croix, et non passer par le prêtre, j'ignore comment mieux le décrire.

Il y avait des prières entre les versets de la Bible, comme durant les messes catholiques. Le traditionnel "Notre Père" était présent, mais pas de prière "Je vous salue Marie". C'est le Sola christo, il me semble. Les protestants ne vénèrent que le Christ. Ils respectent la Vierge Marie, mais ne la vénèrent pas. Ils la reconnaissent comme la mère du Christ, mais pas comme une intercesseuse. Euh, je crois que c'est le mot. Certains fidèles me regardaient comme si je venais d'un autre milieu, et c'était le cas. Surtout les enfants, qui sortirent un peu plus tard, au milieu du culte, pour aller dans une maison annexe. Pour des cours sur la Bible, il me semble ?

Il y avait aussi des récitals. Des chants plus contemporains, moins ancrés dans la tradition biblique, j'avais un peu de mal, en tant que catholique, du moins, historiquement. Je m'étais progressivement séparé du clergé catholique, pensant qu'il était un peu écrasant, et selon ce qu'avait dit le pasteur, il avait aussi changé de confession, il appartenait à une autre Église. Probablement un ancien catholique ?

Pendant le culte, le pasteur racontait également son parcours, et qu'il avait été dans le désert du Sahara, il y avait peu de temps. Et que le désert était recouvert de petites fleurs violettes, de façon aussi inattendue que surprenante. Il disait se déplacer en chameau, et les fidèles se mettaient à rire. Ils applaudissaient parfois, ce que je n'avais jamais vu dans "la maison de Dieu". Chez les catholiques, c'est impensable d'applaudir dans une église. Les protestants ont un côté plus "horizontal", comme je le disais, "offrent" une dimension plus humaine à la foi, et ne blâment pas les mêmes comportements.

À propos de comportements… Je ne pense pas avoir commis un écart immense, mais bon, vous allez comprendre. Vint le moment de la Sainte-Cène. Chez les catholiques, c'est l'Eucharistie. Il faut faire la queue devant le prêtre pour obtenir une hostie, de forme ronde, lisse et plate. Pour les non-initiés qui se demandent quel goût ça a. On dirait du carton, ou un cornet de glace sans sucre. Normal, il s'agit de pain sans levain. Un pain très modeste. Très peu riche en calories, mais très symbolique chez les chrétiens. Même chez les Juifs ce pain existe, il s'appelle le pain azyme.

Chez les protestants, les fidèles doivent se mettre en cercle, et non attendre en file indienne. De sorte que le centre de l'église n'est plus occupé. Selon moi, c'est pour dire que réclamer l'hostie (enfin, je crois que ça s'appelle comme ça, chez les protestants ?!) est aussi un acte horizontal. On n'est pas devant le prêtre ou le pasteur, pour la réclamer devant un autel plus haut que soi, mais des membres de l'église distribuent des morceaux un par un. C'étaient des morceaux carrés. On aurait dit du pain complet de chez Jacquet. Rien à voir avec l'hostie chez les catholiques. Les membres distribuaient aussi des sortes de shots…

Que je pensais être d'eau bénite, mais c'était du vin. Première fois que je voyais ça chez les chrétiens. Dans les messes catholiques, le vin est servi dans un calice, béni par le prêtre devant tout le monde, puis partagé entre les membres du clergé. Là, chez les protestants, du moins dans cette église, ils partagent des petits shots de vin béni. Le pain était servi avec des pinces à chacun d'entre nous, et se mettre en cercle témoigne bien du "y'en aura pour tout le monde, et on ne favorise personne, égalité totale, pas de soumission au prêtre ou au pasteur".

Moi, j'ai refusé, car je suis baptisé catholique, et que j'ai fait la Première Communion. Ainsi, hormis chez les luthériens, à la rigueur, la Sainte-Cène a une signification différente du catholicisme. En revanche, une des membres est arrivée avec une troisième corbeille. Après l'hostie et le vin, je pensais que c'était un panier pour les quêtes. En bon catholique d'origine, j'ai sorti mécaniquement mon portefeuille, pour en sortir une pièce. Puis j'ai aperçu le contenu de la troisième corbeille : c'était pour recueillir les shots de vin usagés… Et non recueillir des pièces de monnaie. Une des musiciennes au loin sur l'estrade me regardait avec un regard exclamé. En plus, je tendais une pièce rouge… Je l'ai rangée illico. Voilà le comportement que j'estimais comme un peu décalé. Mais c'était la force de l'habitude. Les églises protestantes ne vivent pas des dons pendant la messe, euh, le culte.

Je suis ressorti un peu plus tard, à la fin de la m… Oh, du culte, bon sang, j'espère que ça va rentrer, dans ma caboche, à la fin. Sous un soleil radieux, j'ai vu les fidèles ressortir également. Le pasteur se tenait devant la porte. Et là, il y a une différence aussi, quitter un tel lieu me semblait peu identique aux églises catholiques. C'est très difficile à retranscrire sous forme de mots. Le pasteur semblait être là pour nous accompagner dans les moments de foi, mais il est celui qui montre la Lune. En le voyant devant la porte, de loin, il ne rentrait pas dans un endroit plus haut ou plus secret que les autres croyants, il raccompagnait tout le monde.

Je suis repassé ensuite devant une église catholique, une que j'ai très bien connue, et la messe venait de finir à peu près en même temps. Les fidèles sortaient par de grandes portes. L'ambiance me paraissait plus familière, puisque j'ai déjà été de nombreuses fois dans de nombreuses églises. Mais devant, il y avait aussi une dame qui réclamait des sous pour ses enfants. Elle demandait l'aumône. Je vais abréger sur ce passage-là, mais je trouvais l'ambiance très différente des églises protestantes. La structure était beaucoup plus imposante, l'architecture plus complexe, et qui évoque vraiment les édifices romains. Rétrospectivement, c'est fascinant de voir combien ça reste avec le temps. Mais je ressentais d'une façon encore plus vive cet écrasement qu'avant.

Cependant, je conserve beaucoup de respect pour le catholicisme et pour la richesse de sa structure. Mais comme dirait un fidèle parmi les autres, voire le pasteur, je me sentais "à l'étroit". Sans me classer immédiatement protestant, puisque c'est avant tout un culte plutôt qu'un titre, je continuerai de méditer sur la question, et qui sait… Peut-être revenir la semaine prochaine ?

FIN

Par Matthias Delaune
Le 6 avril 2025

Chapitre XIV

Rainshowering

A sunny day, a clear sunny day, on Sunday. Nobody was expecting any other weather than sunshine. Kids everywhere, playing at the park. Their voices can be heard from one street to another. Their parents were watching over them, while passengers were walking on the sidewalk nearby.

Sunddenly, the clouds were coming, like a flock of sheeps. More and more clouds, until the sky was fully gray. The wind came too. Everything felt cooler. "What the hell ? I thought the weather would be clear all day long !" said someone to himself. Actually, as if it was not enough, the rain set in. A few droplets. Then, loads of drops were falling from the skies, the kids were screaming because they felt sudden freshness on them.

Everything was warm and clear a few moments ago, and it turned to rain within minutes. Seen the current situation, their parents just called them to get back to their home, or to find a shelter. Next time, let's hope they watch TV to know when rain will occur, in stead of thinking the sun will be there all the time. THE END.

C'était une petite nouvelle en Anglais, pour nos amis anglophones. Mais voici une petite traduction, si vous connaissez mal la langue, voire pas du tout. En piste.

Un jour ensoleillé, un jour clair et ensoleillé, le dimanche, jour du Soleil dans certaines langues. Personne ne s'attendait à un autre temps que le Soleil, aujourd'hui. Des enfants partout, qui jouaient dans les squares. Leurs voix étaient audibles d'un côté jusqu'à l'autre de la rue. Leurs parents les surveillaient, pendant que les passants se promenaient sur le trottoir, non loin.

Soudain, les nuages arrivèrent, comme un troupeau de moutons. De plus en plus de nuages, jusqu'à ce que le ciel devint totalement gris. Le vent se leva aussi. Tout devint plus frais. « Que se passe-t-il donc ? » se demandait quelqu'un à voix haute. « Je pensais que le ciel serait clair toute la journée ! ». Et de fait, comme si cela ne suffisait pas, la pluie arriva. Quelques gouttelettes de rien du tout. Puis une avalanche de gouttes d'eau tomba du ciel. Les enfants criaient dans tous les sens, leurs vêtements trempés par la pluie.

Tout était plus clair et plus chaud, il y avait encore quelques instants, puis cela a changé en pluie en

Rainshowering

seulement quelques minutes. Vu la situation actuelle, leurs parents les ont juste appelés pour revenir à la maison, ou se réfugier dans un abri temporaire. La prochaine fois, espérons qu'ils regarderont la météo avant de sortir, plutôt que de penser que le temps aurait été radieux toute la journée.

FIN

"Rainshowering" peut être traduit par "recevoir une averse".
Par Matthias Delaune, le dimanche 13 avril 2025

Chapitre XV

Mister Zonard

« Wesh, t'as pas un *tschicket*, monsieur ? demanda Mister Zonard.

— Non, désolé, je n'ai que mon Pass Naguivo.

— Ça ne sert à rien de demander un ticket au dernier moment, Mister Zonard, dit le contrôleur. Vous n'avez pas validé votre titre de transport, donc réclamer un ticket à un passant ne vous sauvera pas de l'amende forfaitaire de 120 €, en cas de non-présentation de titre de transport.

— Vas-y, ça saoule ! » soupira Mister Zonard. Le contrôleur lui demanda donc s'il voulait payer l'amende directement, ou s'il voulait recevoir un avis de paiement à son adresse de résidence. Mister Zonard tenta de ruser.

« Wesh, monsieur l'contrôleur, dit-il. J'ai pas de domicile fixe !

— Mais si, vous avez bien une maison, ou une bicoque dans un HLM, pas vrai ?

— J'vous l'aurais dit, monsieur l'contrôleur ! Franch'ment, vous croyez que j'vis dans un palace, ou quoi ?

— Donnez votre adresse, s'il vous plaît ! » insista le contrôleur.

Mister Zonard craqua. Il se résigna à donner une adresse, mais totalement factice. Il regardait l'écran du contrôleur, sur son PDA, qui affichait une carte des environs. Il tentait de trouver un nom de rue crédible.

« Alors, où habitez-vous, monsieur ? l'interrogea le contrôleur.

— C'te rue, monsieur, répondit le zonard.

— Mmh, quel numéro, je vous prie ?

— Lui, là, le quatre. J'habite au… Numéro quatre.

— C'est pourtant une maison pavillonnaire, dit le contrôleur en passant en mode rue, sur la carte des environs. Vous disiez tout à l'heure ne pas habiter ce genre de domicile ?

— Ah, euh, on dirait une maison de mamie, p***in. C'est chez ma mamie, ouais, monsieur ! » se défendit Mister Zonard. Malgré une certaine allure douteuse, le contrôleur a cru en sa version. Le zonard quitta le bus peu après.

Plus tard, après avoir mangé un kébab, Mister Zonard, le héros des banlieues, croisa son ami Walid. Il lui "tapa un check". Enfin, il lui en a tapé cinq, si vous avez plus de quarante ans. Si vous ne saisissez toujours pas l'expression, pour résumer, il lui a dit "bonjour" avec une gestuelle de la cité.

« Comment ça va, sa mère ? lança Walid.

— Bien, et toi, sa daronne[1] ? répondit le zonard.

— Ouais, *tranquchille*, mais tu fais quoi dans l'coin, poto[2] ?

— J'me suis tapé un kébab… Mais juste avant j'me suis tapé une amende de merde. »

Walid lui demanda s'il avait fait usage de l'astuce consistant à renseigner une fausse adresse au contrôleur, afin de ne pas recevoir l'amende soi-même.

« Vas-y, bien sûr, poto.

— Ouaiiis, ça c'est l'astuce du bled. Ça fonctionne à tous les coups. J'l'ai découverte quand une ado a donné mon adresse au hasard, plutôt que de mettre la sienne. Du coup, les amendes elles arrivent à la mauvaise adresse, et Léovia, ils peuvent rien y faire !

— Chaaanmééé[3] !!! » chantonna Mister Zonard. Lui et Walid se sont promenés dans la rue encore un petit bout de temps, lorsque Walid se trouva devant le centre des impôts.

« Nos deux ch'mins s'arrêtent ici, frère, dit-il. Je dois me rendre aux impôts, aïe, aïe, aïe, la galère.

— Là, j'ai pas d'astuces, pour les impôts, Walid. L'État, il nous retient par les bourses, wesh.

---

1 Désigne la mère dans le langage urbain.
2 Variante de "pote", le mot seul peut signifier "mon pote".
3 Verlan de "méchant". Le verlan consiste à inverser les syllabes de mots, quitte à ajouter une épenthèse, pour donner une sonorité différente, ou le rendre difficile à reconnaître aux oreilles de ceux qui ne connaissent pas le langage.

— Vas-y, on s'rappelle, mec, répondit Walid. Genre, pour faire une soirée kébab chez Mohamed.

— Wesh, non, il pue le iep, son appartement. »

Malgré tout, Mister Zonard accepta de faire un rendez-vous entre plusieurs amis, mais dans un bar à chicha. Il a trouvé le parfait compromis, pour à la fois ne pas entrer dans l'appartement odorant de son ami Mohamed, et sans éviter la compagnie de ses potos, pour autant.

Le lendemain, Mister Zonard s'aventurait dans un square, pour aller boire une bière sur un banc. Une "bonne 9.6 des familles", comme il disait si bien. Après avoir fait un crochet à la supérette pour acquérir des provisions, comme un burger à réchauffer soi-même au micro-ondes du magasin, des boissons et quelques biscuits, il voyait des enfants jouer autour de lui.

Tout se passait comme à l'accoutumée, lorsque tout d'un coup, un des enfants se faisait disputer par des enfants plus grands que lui. Mister Zonard se permit d'intervenir peu de temps après avoir vu la victime se mettre à pleurer.

« Wallah, y s'passe quoi, les enfants ? lança-t-il, choqué.

— C'est… C'est les deux plus grands, ils font rien que de me pousser dans le bac à sable ! pleura le petit enfant.

— Wesh, arrête de chialer, on comprend rien ! répondit Mister Zonard. En gros, ils t'ont poussé, et tu t'es croûté au sol, petit garçon ? Comment vous vous appelez, tout l'monde ?

— Moi, ouin, je m'appelle Thomas ! Et euh… Bouh, hou, ils…

— Nous, on n'a pas de prénom, monsieur ! avança un des enfants présents.

— Tu t'fous d'ma *guieule* ? » répondit Mister Zonard avec un air provoqué, en haussant les sourcils, et en le regardant de front. Sa cannette l'attendait toujours sur le banc, mais il préférait régler ce différend, cette dispute de square, avant de reprendre ses activités. Il invita les enfants à ne plus se disputer, en personne responsable, pour que cela ne se reproduisît plus.

Cependant, un des parents arriva en leur direction. Ils semblaient assis dans un coin du square, au loin. Ne sachant pas ce qui était en train de se passer, le parent déboula avec un air fâché et dérouté.

« Holà, qu'est-c'qui s'passe ?! lança-t-il.

— Ben… Bouh, ouh… pleurait à nouveau l'enfant.

— C'est le monsieur qui t'embête ? demanda le parent.

— Non, c'est les… tenta de répondre l'enfant triste.

— Et voilà, dès qu'il y a un inconnu, c'est à lui qu'on fait porter le chapeau, s'indigna Mister Zonard.

— Oh, vous, on vous a rien demandé ! s'exclama le parent. Moi j'appelle la police, si ça continue !

— Et pour dire quoi ? lança Walid sur un ton rhétorique. J'imagine d'ici votre appel : *Oh, m'sieur l'agent, je suis un parent irresponsable qui laisse mes enfants sans surveillance, y'en a un qui se fait martyriser, alors y'a un type qui arrive pour essayer de régler le conflit, et j'arrive seulement maintenant pour l'accuser lui à la place de ses amis, ouin, ouin !* fit-il en faisant semblant de pleurer.

— Comment osez-vous… souffla le parent, comme s'il venait de subir le clash de sa vie. Pusque c'est ça, je vais les appeler en disant que je vous ai vu en train de filmer des mômes , ah, ça vous en bouche un coin, pas vrai ?

— Alors là, trop c'est trop ! » dit Mister Zonard.

Face à l'exagération des parents, à leur comportement outrageant et leur autorité de façade, Mister Zonard retira son sweatshirt tant bien que mal, pour révéler un t-shirt intitulé "SZ" ou "Super Zonard". Il avait même une petite cape rouge derrière lui. Il lança son sweatshirt au loin, avant d'adopter une posture stoïque, dévoilant ses muscles entretenus modérément à la salle de muscu.

« Oh, c'est vous, Super Zonard ? lança le parent.

— Oui, c'est bien moi, poto.

— Je pensais que ce n'était qu'une légende. Mais comment on prononce "SZ", parce que j'ai un voisin de palier qui est Polonais, et je me demandais comment…

— Minute, je suis pas là pour répondre à vos questions, monsieur dont je connais pas le nom, murmura Super Zonard.

— Je m'appelle Jean, et je suis le père de cet enfant, il s'appelle Thomas, dit le parent.

— En tant que témoin *objectchif*, je puis vous assurer que j'ai aperçu ces deux garçons, qui n'ont quasiment pas pris la parole depuis le début du clash, ben, ils étaient grave en train de *victchimiser* votre petit garçon.

— Ah, on y vient. Donc vous étiez en train d'essayer de les séparer, Super Zonard® ?

— Ouais, ils ont dû lui foutre la misère, répondit Super Zonard. Et vous concernant, sachez que dénoncer quelqu'un sur des faits faux ou biaisés *constchitchue* un délit de dénonciation calomnieuse, selon l'*artchicle* 226-10 du Code pénal.

— Oh, incroyable, Super Zonard ! Mais comment vous savez tout ça ? demanda le père.

— Ch'uis abonné à Masdak. »

Les deux enfants qui martyrisaient le petit garçon étaient dans la même école que Thomas. Cependant, ils étaient venus sans leurs parents, donc impossible pour eux d'être redressés, sermonnés ou simplement être punis. Ils martyrisaient également Thomas à l'école, mais grâce à Super Zonard, ce n'était plus le cas.

Le soir, Mister Zonard, qui avait remis entretemps son habit de citoyen ordinaire, et siroté sa cannette de bière jusqu'au bout, en ayant bien examiné si une guêpe ne s'était pas glissée dedans, il se sentait fort fatigué. Après avoir arpenté les reliefs urbains, fait ses courses du soir et pris le bus pour rentrer, la tête pleine de souvenirs, il se rendit dans son deux pièces en compagnie de sa gonzesse.

Elle faisait 1m65, pesait 110kg, chaussait du 42, et elle s'appelait Rachida. Plus dans une sorte de relation libre qu'autre chose, Mister Zonard l'appréciait néanmoins pour sa personnalité insolite. Alors qu'elle était en train de se mettre une seconde couche de fond de teint, il lui raconta sa journée :

« Lourd, je me suis encore pris une amende dans le *kchul.*

— Ah ouais ? Tu t'es encore battu ? demanda Rachida.

— Nan, c'était pour une histoire de *tshicket* pas valide.

— Mais Mouctar, je t'avais dit de pas monter quand t'avais plus un rond, maintenant, tu dois payer cent balles d'amende !

— *'Azy*, m'appelle pas par mon prénom, moi je suis Monsieur Z, mais pas celui qui a fait Razmo et Rapido, le Z de la banlieue, frè… Enfin, sœur, j'veux dire. Quoique, comment qu'on dit, quand on s'adresse à une meuf ? »

Ce léger désaccord prit fin, lorsque Mouc… Enfin, Mister Zonard, je voulais dire, calma le jeu en lui proposant un massage de pieds. Ils mangèrent des spaghetti réchauffés d'hier soir, et conservés dans leur frigo du bled. Le zonard prit des tartines de El Mordjene® en dessert, et sa compagne, des tiramisus préparés par la femme de Tayeb, le voisin du dessous.

« Bon, ben, j'ai bien bouffé, *burp*, dit le zonard. J'crois que j'vais me coucher, juste après la prière.

— Et tu retourneras au Pôle Emploi ? l'interrogea Rachida.

— Ouais, j'ai rendez-vous lundi, mais mardi, j'ai aussi rendez-vous pour avoir une subvention.

— Super, j'espère que la conseillère va te trouver quelque chose. » dit-elle.

Après une bonne nuit de sommeil, et un dimanche ordinaire, Monsieur Sherkhaoui, puisque le pôle emploi faisait usage des vrais noms, lui trouva un travail à temps partiel chez Samsic pour passer le kärcher dans les rues. Il ne zonait donc plus autant qu'avant, mais il trouvait ce boulot épanouissant. Cela lui changeait les idées. Au lieu de s'ennuyer sur les bancs, il nettoyait les trottoirs recouverts d'urine de chien, de mousse et autres traces.

Aussi se retrouvait-il moins confronté à des situations de conflit avec les gens du quartier. Il ne se retrouvait plus dans des endroits bizarres, loin de la foule, à finalement se battre avec des personnes d'un milieu encore plus éloigné que le sien. Un jour, des anciens camarades de classe se sont moqués de lui, en le voyant passer le kärcher. Parmi eux, Mouhamadou.

« Et voilà, vous venez à l'école pour finalement finir comme ça » dit-il sur un ton rieur. Puisqu'il portait un casque, en plus du kärcher, il ajoutait : « Tu préfères porter le casque de cosmonaute, avec le pistolet de l'espace ! »

En réaction, l'agent Zonard lui passa un coup de kärcher sur lui, bien glacé, parfum citron, en avançant qu'au moins, ça lui "fera la douche de sa journée". Son ancien camarade de classe courut au loin en hurlant de froid.

Finalement, Monsieur Zonard était redevenu un citoyen ordinaire, plutôt que d'adopter une identité qui permutait entre le héros et le zonard, il avait décidé de combiner les deux. Un héros en moins, vous dites ? Mais point du tout, car tous les agents qui veillent à la propreté des villes, à leur entretien et leur construction, sont des héros. Il y a d'autres héros dans le monde, qui veulent l'améliorer, mais eux font en sorte qu'il ne devînt pas pire, en conservant l'apparence des villes décente.

Mouktar eut un enfant et s'était marié avec sa gonzesse un peu plus tard, et même elle, trouva un métier d'auxiliaire puéricultrice dans une crèche du terter[4].

FIN

Par Matthias Delaune
Le 13 avril 2025.

---

4   Le « quartier ». Vient du mot « terrain », avec dédoublement de la première syllabe.

Chapitre XVI

Au restaurant "l'Aigre-nouille"

En France, beaucoup de restaurants souffrent de problèmes de gestion. Que ce soit au niveau du personnel, de la gestion des stocks, des dépenses, etc. Au-delà de ce fait, il peut également y avoir des problèmes d'hygiène, ou tout simplement… Que ces restaurants servent de la tambouille.

Ce jour-là, la famille Vieille d'Enrée rencontrait son 120ème jour sans clients. Le couple qui avait ouvert ce restaurant sous le sceau de la discorde, se demandait d'où ce dysfonctionnement pouvait bien venir. Après quelques échanges, ce questionnement collectif entraîna une nouvelle dispute. Leurs voix résonnèrent dans tout le rez-de-chaussée.

Mais ils réunirent encore leurs esprits et mirent fin à ce conflit après seulement une heure entière à hurler mutuellement.

« Hé ben voilà, au moins, les chaises sont en place, et il n'est que quinze heures, dit le mari.

— Oui, franchement, en dehors de notre lenteur peu ressentie et notre tendance à nous disputer, le restaurant ne fonctionne pas si mal, avoua sa femme. Et franchement, je me demande où le bat blesse.

— Il faudrait peut-être appeler une sorte de coach… Un mentor, quelqu'un qui s'y connaît mieux que nous, souffla le mari. Entre l'absence de clients, les cuisiniers qui jouent aux cartes toute la journée et les caisses qui commencent à se vider, je ne sais plus où donner de la tête.

— Tiens, tu connais l'émission "Mes créanciers dans la cuisine" ? lui demanda la femme. Il paraît que celui qui l'anime a beaucoup d'expérience. Il aide les restaurants dans le rouge à sortir la tête de l'eau.

— Mais comment il s'appelle, du coup, celui qui tient l'émission, ma chérie ?

— Je crois qu'il s'appelle Philippe Etcheworst, répondit-elle.

— Il faudrait contacter l'émission. Les critères de notre restaurant devraient les intéresser. Non seulement ils nous aideront à sortir de ce mauvais pas, mais en plus, ils transformeront notre restaurant en véritable box office. Je les appelle tout de suite. »

Ainsi, le mari appela le service de communication de l'émission diffusée sur Trance Félévisions. Après quelques moments d'attente, ils accueillirent son appel.

Au restaurant "l'Aigre-nouille"

M. Vieille d'Enrée expliqua sa situation. Le service com' semblait favorable, et leur envoya un formulaire à compléter. Après quelques formalités supplémentaires, des dates furent fixées. Une équipe de techniciens arriva, avec tout un matériel pour filmer, en compagnie de l'illustre Etcheworst.

La famille Vieille d'Enrée était toute excitée, tout le monde avait le trac. Au moment de voir la silhouette imposante d'Etcheworst arriver devant le parvis, le mari eut le trac. Il ne voulait pas qu'il rentrât dans son restaurant. Mais le moment inexorable arriva, et Philippe se présenta juste derrière la porte vitrée.

« C'est moi, je suis arrivé, ouvrez-moi, s'il vous plaît ! dit le chef Etcheworst, alors que le caméraman filmait.

— Non, je vous ferai pas rentrer, pesta le mari, comme s'il s'était barricadé derrière la porte.

— Mais enfin, je viens pour vous aider, je suis pas des impôts !

— Je suis trop anxieux à l'idée de vous voir dans mon restaurant. Entre l'absence de clients, la mauvaise gestion et la gueule de mon personnel, en vrai, c'est pas si mal, et je préfère en rester là. » dit le mari sur un ton résigné.

« Aïe ! Ça commence super mal. À peine arrivé, voilà qu'ils me refusent l'accès à leur troquet. Il va vraiment falloir trouver une autre stratégie pour qu'ils se reprennent en main ! » dit la voix-off de l'émission.

Etcheworst trouva une porte latérale, au niveau du flanc de ce restaurant, qui donne sur le local à poubelles. Malgré l'odeur et les nombreux détritus,

Philippe arriva à rentrer dans le bâtiment d'une façon "alternative".

« Bon, me v'là, maintenant, 'va falloir arrêter les conneries !

— Ah, mais comment êtes-vous rentré, Etchebest ?

— Je connais pas de Etchebest, moi, je suis Etcheworst ! s'écria le chef. Et je suis là pour faire bouger les choses !

— En effet. Bon, hé bien, maintenant que vous êtes là, vous prendriez bien un siège ?

— Ben ouais, j'veux bien, j'ai pas fait cinquante bornes juste pour vous passer le bonjour ! »

Le chef s'assit à l'endroit indiqué par le tenancier du restaurant, et lui tendit un menu, comme si rien ne s'était passé. Mais après une lecture rapide, Philippe n'en revenait pas d'une telle carte.

« C'est quoi ce menu ? demanda le chef.

— Ben, c'est ce qu'on propose à la carte, répondit le mari. Voilà, ici, vous avez les entrées. Chiendent hâché sur son lit de cailloux. Puis, en plat de résistance, je me permets de vous recommander une petite carotte, accompagnée de punaises de lits.

— Mais vous trouvez ça normal, de servir ça dans un restaurant ? s'exclama le chef. Et en dessert, vous allez me proposer quoi, vos chaussures ? Les joints d'isolation de votre frigo ?

— En effet, il y a des rustines en dessert, saupoudrées de sucre de table, et… »

Face à ce menu tout droit sorti d'un bidonville en fin de vie, le chef se mit à marteler sur la table. Il jeta la carte des menus au loin, et commença à réprimander le tenancier ouvertement, en lui disant ce qu'il avait sur le cœur depuis le début de leur rencontre, et ce qu'il venait d'observer.

« Mais c'est pas de la bouffe, vous allez m'empoisonner, moi, et tous les clients, avec cette cuisine de cauchemar !

— Tiens, ça pourrait faire le nom d'une émission, dit la femme, dans son coin, timidement.

— Ça, c'est clair qu'après ingérer ça, on peut faire de sacrés cauchemars, dit le chef. Même un kébab paumé au fin fond de Limeil-Brévannes a l'air d'être un standard culinaire, comparé à ce que vous proposez !

— Mais, Monsieur Philippe, nous en avons assez, nous n'avons même pas de clients ! dit la femme en fondant en larmes.

— Avec ce que vous servez, je peux comprendre pourquoi si peu de gens viennent !

— Les cuisiniers ne préparent plus rien, ils en sont contraints à manger leurs cartes à jouer, avoua le mari. Nous avons changé les menus, depuis que nous ne pouvons plus subvenir à nos propres besoins, nous cuisinons tout ce qui nous tombe sous la main.

— Je sais pas si vous vous en rendez compte, mais ça a l'air absolument infect ! continua à s'écrier le chef, comme s'il était tombé sur le pire restaurant du monde. C'est pas de la cuisine ! C'est du chinage culinaire ! »

Le mari s'excusa auprès du chef, mais les espoirs du chef étaient déjà bien bas. Celui-ci voulait appeler la DDPP pour signaler leur restaurant, qui n'était plus que l'ombre de lui-même, et que continuer à servir dans ces conditions les écarterait toujours de leur métier initial.

« Mais vous ne pouvez pas faire ça ! paniqua le mari.

— Écoutez, soit vous changez les menus, soit j'appelle la DDPP et je me casse ! dit le chef pour trancher la situation.

— Bon, ben, dans ce cas, je vais devoir arrêter les banquets tous les soirs, et ma femme arrêtera de manger du caviar, dit le mari.

— Comment ?! Pendant que votre resto coule, vous, vous en profitez pour vous en mettre plein derrière la cravate ?

— Ben, on va vous montrer nos chambres froides et nos placards, mais en fait, il reste plein de provisions, dit le mari.

— Ah ouais, je suis impatient de voir ça ! s'exclama Philippe. Pendant que l'embarcation coule, c'est la première fois que je vois le capitaine faire bonne chère ! Alors, y'a quoi, dedans ? »

M. Vieille d'Enrée lui montra les placards. En fait, il y avait de tout, et rien ne manquait. Juste que le mari était trop étroit d'esprit pour cuisinier pour tout le monde.

« M'enfin, y'aurait vraiment de quoi nourrir tout un village, avec ça, y'a de tout, dans ces placards ! s'exclama Etcheworst. Il y a des coquillettes, des tomates pelées en conserve, du thon, des carottes, des poivrons dans les frigos, et j'en passe. Vous pouvez quasiment cuisiner tout et n'importe quoi, avec ça. À quoi pensez-vous ?

— Ben, je dois avouer, c'est ma réserve perso, dit le mari. Mais je n'avais jamais pensé à l'utiliser pour les clients.

— BEN TIENS ! s'exclama le chef. Il serait peut-être temps de remettre les yeux en face des trous ! Mais dans votre cas, on dirait plutôt qu'ils sont en face du trou de balle !

— Chéri, je t'avais bien dit de partager, soupira la femme.

— AH, parce qu'en plus, il partage pas avec vous ?! s'exclama Philippe Etcheworst avec un visage de plus en plus fâché – et sidéré, par la même occasion –. Mais c'est incroyable, çaaa !

— Ben, il partage uniquement les restes avec moi, les enfants, et le personnel.

— Une vraie vie de gala, mais uniquement pour lui, on dirait presque une gestion stalinienne ! » s'énerva le chef. Si bien qu'il avait commencé à vouloir affronter les murs de la cuisine et les ustensiles pour vider sa colère. « C'est moi, qu'tu cherches ? » dit-il à une poêle accrochée à un mur. Il était tellement énervé que le manager de l'émission et le caméraman ont commencé à vouloir le faire sortir. « Je suis Philippe Etcheworst, putain ! » s'écria-t-il. Il était à un tel stade de fringale, qu'il mangea au kébab du coin.

Le lendemain matin, après une nuit de repos à l'hôtel et une séance de spa, Etcheworst était à nouveau en pleine forme. Le chef se sentait à nouveau d'attaque. Il ne se mettait plus à provoquer des casseroles, ni à dire que celles de François Fiyon étaient plus intactes que celles du tenancier.

« Bon, alors, suite à hier, j'espère que vous avez réfléchi de votre côté ? demanda Etcheworst. Vous avez choisi de continuer à manger du caviar, ou de partager un peu votre bouffe ?

— Ah, chef, dit le mari. Vous allez être content. Venez voir dans les cuisines, ce que nous avons préparé cette nuit.

— Hein ? Qu'avez-vous fait ? J'espère que ça va être une bonne surprise ! » dit-il.

La voix off décida de reprendre le fil de la discussion en disant la chose suivante : « Incroyable, on dirait que cette famille a décidé de reprendre les choses en main. Je me demande ce qu'ils ont préparé dans les cuisines et… AAAAAH ! s'écria la voix off.

— Regardez, on a tout cuisiné, dit le mari sur un ton enthousiaste. On a dû mettre la table en mode étendu, mais tout est posé dessus.

— Mais c'est pas possible, ce que je suis en train de voir ?! Vous le faites exprès ? dit la voix off.

— Nan, attends, la voix off, c'est à moi de parler, dit Philippe Etcheworst.

— Ah, pardon, s'excusa la voix off.

— Bon, au moins, je vais probablement enfin pouvoir manger votre cuisine, dit le chef. Il est vrai que ça a l'air plus appétissant que les câbles électriques de votre téléphone, ou les puces de votre lit, que vous mettiez sur la carte de votre menu.

Au restaurant "l'Aigre-nouille"

— Si vous parlez de manger la cuisine, vous êtes en train de vouloir manger une pièce entière, dit le mari sur un ton ironique.

— M'en fous, j'ai tellement faim ! » avoua Philippe. Il s'empara d'une fourchette, et la plongea dans un des plats au hasard. L'assiette contenait des coquillettes, une pièce de viande blanche, le tout arrosé d'une sauce au poivre. Le chef trouvait ce plat assez bon, quoiqu'un peu trop salé.

« Hé ben, c'est pas trop mal ! s'exclama Philippe. Mais pourquoi diable mettre autant de sel ?

— C'est pour la conservation, chef, répondit un des cuisiniers. Vous comprenez, on a préparé ça il y a un petit bout de temps.

— Mais, ça a été préparé quand ?! paniqua Etcheworst.

— On est debouts depuis quatre heures du matin, on a dû préparer le plat que vous goûter vers neuf heures, environ…

— Tout ça, c'est resté à l'air libre pendant des heures ? Mais vous connaissez les frigos, ou quoi ? s'exclama le chef. Il aurait fallu les stocker dedans, si tout ça reste à l'air libre, ça va périr !

— Mon Dieu, quel gâchis ! sanglota la femme.

— Ben ouais, j'pense bien ! dit le chef. Pour une fois que vous semblez réagir de façon appropriée ! »

Etcheworst continua à goûter quelques plats. Ils étaient tous d'assez bonne qualité, mais il commençait à ne plus supporter le goût du sel. Il demanda une bouteille entière d'eau de source qu'il but devant tout le monde.

« Bon, en dehors de la conservation, c'est pas si mal. Il vous reste des provisions, après tout ça ?

— Mais non, chef, dit le mari. Vous m'avez demandé de partager mes réserves, il y a encore des plats préparés dans la chambre froide, dans le débarras, sur les marches de l'escalier qui mène au premier, et…

— Attendez, QUOIII ? s'exclama Etcheworst. Je vous avais rien demandé, je vous avais juste conseillé de partager, pas de tout cuisiner en une nuit ! Vous vouliez rattraper votre retard d'un coup, ou quoi ?

— De toute façon, dit le mari, j'avais ouvert ce restaurant, car je commençais à m'ennuyer. J'étais employé de bureau, je remplissais les imprimantes de feuilles, jusqu'à ce qu'un jour, ma tante Suzanne est décédée. Son ancien château a été vendu, et les parts de la vente immobilière ont été réparties entre moi et mon cousin.

— Aaah, je comprends mieux ! Donc, vous avez tout plaqué pour le monde de la restauration, s'exclama le chef.

— Ouais, enfin, surtout parce que je me faisais énormément chier chez moi, puisque j'avais d'abord démissionné, répondit le mari. Après un an ou deux, j'ai voulu ouvrir mon propre resto, pour faire de l'argent à partir des sous de la vente, et pour m'occuper.

— C'est là que l'enfer a commencé ! dit le chef.

— Ben, au départ, on avait des proches qui venaient manger chez nous pour inaugurer. Puis, plus rien, dit le mari. C'est comme s'ils ignoraient que cet endroit était un restaurant.

Au restaurant "l'Aigre-nouille"

— Hey ?! Mais c'est peut-être ça, la clef de l'énigme ? se dit le chef.

— Que voulez-vous dire par là ? » lança le mari. Philippe ordonna au tenancier de retirer l'auvent, de le rétracter, pour pouvoir observer la façade du restaurant depuis le trottoir d'en face. « Hé ben, voilà, pourquoi les gens ne venaient pas ! » dit-il.

En effet, après avoir remis l'auvent intitulé "À l'Aigrenouille, restaurant français", qui permet de faire de l'ombre sur le trottoir, l'ancienne façade de l'établissement apparut. Il était fixé : "Chez Émile, ferrailleur". Pour Philippe, plus de doute possible.

« Venez voir, vous autres ! dit le chef en appelant le couple.

— Que voulez-vous que l'on voie de plus, chef, dit le mari. C'est notre restaurant, nous le connaissons par cœur, et…

— Mais non, dit la femme en contemplant la façade de loin. Nous avons laissé l'enseigne de l'ancienne devanture. Celle de Monsieur Émile.

— Et donc, vous ne le réalisez que maintenant ? questionna le chef. Vous pensiez qu'elle allait se remplacer toute seule ?

— Nous étions trop concentrés sur la nouveauté de notre entreprise et sur les préparatifs, expliqua la femme.

— Pourtant, c'est important, la façade d'un établissement, ce Monsieur Émile n'était absolument pas restaurateur. Les clients ne pouvaient pas deviner que son business a cessé et qu'il y a de quoi bouffer chez vous, dit le chef.

— Bon, nous allons arranger ça, alors ! dit le mari. Et, merci, chef, vraiment, pour ce que vous avez fait pour nous !

— Oui, quand même ! C'est la moindre des choses ! »

Le restaurant rouvrit quelques semaines plus tard, après quelques travaux, et une nouvelle façade. Mais les clients n'étaient toujours pas présents. Même si l'équipe s'était améliorée, ils n'en restaient pas moins des bras cassés et des amateurs.

Mais le chef accepta de leur faire un peu de publicité. Grâce au peu de rushes prises dans ce pauvre restaurant, malgré l'aspect inexploitable de ce qui a été filmé, en raison du comportement navrant des tenanciers du restaurant et l'inaction des cuisiniers, Trance Félévisions a accepté de diffuser cet épisode.

Bon, ça a marché, quelques dizaines de clients sont venus en une semaine, mais ils sont repartis assez vite, car les tenanciers du restaurant continuaient à se disputer devant tout le monde. Le mari ne manqua pas de réagir face à cette situation. « M'enfin, je comprends rien, on fait de la bonne cuisine, et les chaises sont déjà en place. Là, je vois vraiment pas où nous avons péché. » dit-il. Philippe revint un mois plus tard, en constatant l'absence de clients, il fit une petite enquête de son côté. Il apprit que c'était à cause du comportement de Monsieur et Madame Vieille d'Enrée. Alors, après ces petites révélations, Philippe rentra dans le restaurant, et lança la phrase suivante : « Oh non, c'est pas vrai, vous le faites exprès ! »

Chapitre XVII

Fabien à Ouessant

Comme tous les étés, Fabien prend des congés pour passer ses vacances sur l'île d'Ouessant. Son neveu, Matthieu, l'appela sur son portable. « Ah, tu tombes mal, Matthieu, dit Fabien. Je suis en train de ramer en direction de l'île d'Ouessant sur un radeau » dit-il. Ainsi conseilla-t-il à Matthieu de le rappeler un ou deux jours plus tard. Ce que Matthieu fit.

« Ah, oui, Matthieu. Je suis arrivé ce matin sur la terre ferme, vers la fin, j'ai dû me rendre vers l'île à la nage. Après avoir traversé la cambrousse, je suis arrivé à la villa. Mais je suis en train d'écoper.

— Comment ? Il y a un lavabo qui fuit, dans ta villa ? demanda son neveu.

— Non, il y a de l'eau de mer qui est rentrée, précisa Fabien. À chaque fois que je reviens, il y en a.

— Je te rappelle dans combien de temps, alors ? lui demanda Matthieu.

— Hé bien, dans un ou deux jours, Matthieu, le temps que je fasse tout sortir. » dit Fabien. Matthieu suivit les conseils de son oncle, et il le rappela quelques jours plus tard. Fabien décrocha. Il était enfin pleinement disponible. Les deux membres de la famille discutèrent ensemble.

« Alors comme ça, tu passes tes vacances à Ouessant ? questionna Matthieu.

— Oui, ça fait depuis l'âge de mes dix ans, répondit Fabien.

— Et en quoi consistent tes vacances ?

— C'est bien simple. Je pars de Brest avec quelques provisions sur moi, sur un radeau, et je rame jusqu'à Ouessant.

— Mais c'est pas un peu dangereux, de naviguer sur un radeau en plein Océan Atlantique ? se demandait légitimement Matthieu.

— Pour les Bretons d'eau douce, peut-être, mais pour moi, je ne crains ni le vent, ni les orages. »

Son neveu lui posa encore quelques questions. Par exemple, sur le fait qu'il devait écoper toute la villa en arrivant. C'était la première fois que Matthieu en entendit parler.

« Oh, je prends ce qui traîne, un grand seau, un saladier, et je vide le tout en dehors de la villa. Elle est un peu en dessous du niveau de la mer. » dit l'oncle.

Fabien à Ouessant

Ce à quoi Matthieu répondit : « J'espère qu'elle n'est pas dans la mer non plus, ou alors ce n'est plus l'Atlantique, mais l'Atlantide ! »

Les deux interlocuteurs rirent ensemble. De sorte que Fabien se mit à avoir une quinte de toux. « Je crois que je n'ai jamais autant ri de ma vie, je t'avoue » précisa Fabien. « Mais bon, je vais me préparer à manger, maintenant. »

Matthieu lui demanda ce qu'il allait se préparer à manger. Fabien lui expliqua qu'il allait se faire des coquillettes au jambon, et au gruyère râpé. Un met absolument exquis. « Et pas besoin de sel de table, si ce n'est pas assez salé, je rajoute un peu d'eau de mer » dit Fabien. Ils se dirent ainsi au revoir, et raccrochèrent l'appel.

Fabien était revenu sur la terre ferme quelques jours plus tard. En fait, une fois sur place, il se repose quelques jours, puis retourne sur le continent en radeau. Ce qui lui prend deux jours supplémentaires, sans compter le train pour revenir sur Paris.

Il était revenu au bureau, le cerveau et les muscles chargés de souvenirs. Ses collègues étaient présents également, et se plaignaient souvent de la chaleur.

« Ah, te revoilà, Fabien, lança un de ses collègues. Comment furent tes vacances ?

— Pas trop mal, mais rien de fou. Hormis le fait que j'ai pas mal discuté avec mon neveu, et que j'ai croisé une méduse.

— Ah, dans la mer ? demanda le collègue. Tu passes tes vacances à la mer ?

— Non, dans ma maison. Mais oui, près de la mer, répondit-il.

— Ah, ah, ah, oh, oh, oh, rirent les collègues.

— Tu dis ça par plaisanterie ? l'interrogea le collègue.

— Non, c'était vrai, ma villa est à Ouessant.

— Aaaah, ça explique tout. » répondit son collègue. La journée de Fabien fut très ordinaire, il tapota sur son clavier d'ordinateur, pour remplir des fichiers Excel. Mais il se réjouissait, car après tout, il n'a pas subi la vague de chaleur épouvantable de la banlieue parisienne. Et puis, passer des vacances comme ça, un peu de repos, de temps en temps, et ne plus se préoccuper des tâches quotidiennes, comme faire le ménage. « Ça fait du bien, quoi » se disait Fabien. Matthieu a dit qu'il trouvait ça étrange, puisqu'il passait les trois quarts du temps à ramer ou à écoper sa villa. Mais Fabien répondit qu'il était trop jeune pour comprendre, du haut de ses trente ans, et que le supplice de devoir tout entretenir soi-même peut être une source de plaisir.

FIN

Chapitre XVIII

Mon avis sur WordStar

J'en fais parfois une véritable marotte. Mais un logiciel d'écriture est super important, quand on fait du contenu. En effet, c'est comme dans le monde culinaire. On peut se contenter de la première marque d'économe qui nous tombe sous la main. Mais on peut également trouver un économe plus adapté à nos propres besoins.

En effet, tous les logiciels de traitement de texte permettent de traiter du texte. Enfin, quand je dis logiciels, il y a aussi les services en ligne, comme Google Docs, ou WriteControl. Tout comme tous les économes... Euh... Économisent ? Ou plutôt... Épluchent. Bref, vous m'avez compris ! À force de chercher des nouvelles façons d'écrire, j'ai eu vent de logiciels alternatifs.

J'écris souvent sur des logiciels de traitement de texte, mais étant est souvent distrait par YouTube, je me sentais noyé dans tous ces fichiers, et je me sentais facilement découragé, à cause de ces facteurs. D'autant plus que la plupart des ordinateurs ont un écran en 16/9. Ce format n'est pas le plus adapté à la rédaction de contenu, et à la lecture. Le format le plus adapté est le 16/10, selon des recherches scientifiques en la matière.

Ainsi ai-je rapidement adopté le réflexe consistant à travailler sur un ordinateur dédié à l'écriture. Dont le disque dur ne contiendrait que des textes rédigés, pour mieux m'y retrouver, avoir un espace dédié à l'écriture inventive ou administrative. Tout se passait bien, je commençais à prendre mes repères. Puis je me suis souvenu qu'à une brocante normande, j'avais aperçu une imprimante à écran dans un stand. Mais je ne l'avais pas achetée. Juste aperçue de loin.

Puisque j'étais désormais adulte et en possession de mes propres économies, j'ai donc repensé à l'hypothèse selon laquelle je pouvais en acheter une, pour « tester », pour assouvir à jamais cette curiosité d'enfant. J'ai donc acheté une imprimante à écran sur eBay.

Je l'ai alors reçue. C'était début 2022. Je me suis souvent amusé à écrire dessus des courtes nouvelles. Il s'agissait du modèle Canon StarWriter 300. Il peut enregistrer des textes sur disquette. Donc, s'en servir comme PC portable, ou station d'écriture, c'était pour moi une nouveauté. Une façon différente d'écrire, et d'appréhender le monde de l'écriture, avec son splendide écran monochrome, sans lumière, pas de notifications de réseaux sociaux, pas de distraction.

Mon avis sur WordStar

En cherchant son nom sur Google, j'ai cependant accidentellement découvert qu'il existait une multitude de logiciels avec un nom similaire. Par exemple, il y avait StarWriter par StarDivision, devenu par la suite StarOffice, il y avait WordStar, WordPerfect, et toute une panoplie d'autres logiciels d'époque. Incluant, bien évidemment, Microsoft Office. Mais celui-là, je le connaissais déjà, et il existe toujours ! :-)

WordStar a un peu plus retenu mon attention, car j'avais entendu parler de lui auparavant. Il semblerait que des scénaristes, ou des écrivains, en fassent toujours usage. Il s'agit d'un logiciel pour MS-DOS, un système d'exploitation développé par Microsoft. Il fonctionnait aussi sur CP/M et DR-DOS, il me semble. Comme celui qui écrit « Game of Thrones », il utilise ce logiciel en l'exécutant sous Windows XP.

Il y avait un tel engouement, pour eux, autour de ce logiciel, qu'ils ont même décidé de le republier sous la forme d'une archive ZIP. J'ai trouvé cette archive, et je l'ai téléchargée. Bon, je vais vous l'avouer, je m'y retrouvais absolument pas, dans leur bazar. Du coup, face à un tel phénomène, j'ai décidé de me documenter sur ce que disaient les gens dessus. L'écrivain Robert J. Sawyer a rédigé 25 romans avec ce logiciel. L'autrice Alice Rice a même dit un truc du genre : « Tout était parfait, avec ce logiciel. À côté, l'interface de Microsoft Office est une pure folie. »

Bon, j'ai pas tellement compris cette remarque sur Microsoft Office, puisque le logiciel a énormément évolué en 30 ans, et que les produits concurrents n'ont pas une apparence si différente. Mais, bon sang… Ils communiquent tous un certain enthousiasme face à l'usage de WordStar, donc j'ai décidé de choper une version sur Internet pour voir.

Pas si introuvable que ça, WordStar 7.0, la dernière version en date, qui fait usage du mode texte (oui, car en plus, c'est en mode texte, contrairement à Microsoft Office, donc j'ignore si le parallèle peut exister), s'est donc retrouvée sur mon disque dur. Et là, le suspens était à son comble. J'ai installé WordStar sous MS-DOS (via un logiciel de virtualisation, j'allais pas installer ça sur un PC physique, non plus), et suivi scrupuleusement les étapes d'installation.

Ensuite, dans un véritable paroxysme, j'ai ouvert le programme de WordStar. En tapant la commande « ws » dans le prompt de MS-DOS. Et quelle ne fut pas ma déception en l'ouvrant. Interface parfaite ? On aurait dit EDIT.COM, l'éditeur MS-DOS, mais avec une règle en plus, et la possibilité de faire du texte justifié. Franchement, j'aimerais dire aux gens qui adorent leurs logiciels dans leur coin. C'est vachement enthousiasmant, de savoir que vous avez écrit 25 romans sur un logiciel qui est tellement contraignant, qu'il ne peut que faire parler la créativité. Mais est-ce que d'autres peuvent se permettre de critiquer la concurrence d'une façon aussi maladroite ?

J'ai utilisé EDIT.COM pendant des années, okay, c'est un super éditeur. Et WordStar contient des petites fonctionnalités supplémentaires. Mais franchement, j'ai pianoté dix minutes dessus, et je ne l'ai plus jamais utilisé.

Je ne blâme pas. J'ai aussi mes logiciels favoris. Mais je ne vois pas où est la folie, dans tout ça, hormis dans cet argument biaisé.

L'interface de Microsoft Office n'est pas une pure folie, elle est le fruit d'années de développement par des professionnels dont c'est le métier. La rhétorique facile qu'utilise Alice Rice ne m'impressionne pas. J'ai même testé Word 1.1 pour Windows 2.11, et je n'ai jamais vu autant mon inspiration fleurir, en utilisant ce logiciel pourtant vétuste.

Je peux comprendre que ces logiciels, comme WordStar, peuvent induire une sensation de confiance, de nostalgie, d'intégrité chez ces gens, qui n'ont jamais voulu changer de logiciel. On dit bien que c'est dans les vieilles marmites qu'on fait les meilleures soupes. Mais pour moi, WordStar est un logiciel purement en mode texte, et n'a aucun autre avantage que la concentration totale. La nostalgie et l'engouement pour les années 80 y sont aussi pour quelque chose.

Mais par pitié, que dans les années 2020, on ne nous livre plus l'argument du « Wesh, c'est commercial et récent, donc c'est naze » comme le porte-étendard de la vérité. Un tel argument est inacceptable, car il relève de la calomnie. Je suis pour la tradition vivante.

À chacun ses logiciels de prédilection. Moi, je n'ai pas accroché à WordStar. Historiquement, j'ai plutôt utilisé Microsoft Office, LibreOffice, OpenOffice et peut-être d'autres. J'ai écrit cinq livres avec LibreOffice (et parfois corrigé sous Microsoft Office), et un sur StarOffice, qui n'est plus à jour depuis 2008.

Et franchement, je ne jugerai personne ni ne me permettrais de faire la guerre à quiconque uniquement sur le choix d'une solution d'écriture. Je vois des gens utiliser Google Workspace (ou plutôt, Google Docs, pour être précis), ainsi que WriteControl. Ils ont aussi leurs avantages et leurs inconvénients, surtout Docs avec sa surveillance constante des utilisateurs.

Mais pour moi, j'écrirai toujours le plus souvent sur LibreOffice, car je pense que c'est un des meilleurs compromis niveau modernité, interface, et efficacité. Si vous ne comprenez toujours pas le mot « interface », on va dire que ça signifie « apparence ». D'autant plus que ce logiciel ne coûte pas un rond. Il est le résultat d'une scission du projet OpenOffice, qui lui-même est une version gratuite du projet StarOffice (qui n'existe plus depuis 2011).

Le but de StarOffice était d'ailleurs clair : faire de l'ombre à Microsoft, avec sa suite qui détient toujours la place n° 1 dans le monde des logiciels bureautiques. Sauf si on compte Google, avec sa solution en ligne, Microsoft Office devient le n° 2. Et quand on voit le nombre d'utilisateurs qu'il y a pour LibreOffice, nous ne sommes que 0,1 % parmi les autres logiciels et solutions en ligne. De vrais marginaux.

Comme ceux qui utilisent encore WordStar, je suis une sorte de résistant. Je résiste en utilisant LibreOffice, car au fond, Alice Rice manifeste simplement du recul envers la firme de Redmond. Elle sou-entend forcément que Microsoft a normalisé les interfaces, voire *envahi* le marché de la bureautique. Ce qui n'est pas faux. Mais ça ne se résoudra pas avec du bashing social.

Mon avis sur WordStar

Je respecte totalement le logiciel de Microsoft, même dans ses dernières versions, il reste puissant, efficace, et possède toutes les fonctionnalités nécessaires pour écrire un livre. Depuis que l'interface avec ruban est apparue, par contre, je m'y retrouve moins, même si tout semble à portée de main. Peut-être que je deviens simplement vieux, et que je ne peux pas m'arracher à mes interfaces industrielles toutes grises, et exemptes d'artifices ? Avec des icônes et des menus ? Et un petit curseur pour manipuler le tout ?

Sans compter l'apparition de la télémétrie, aussi, qui envoie plein d'informations sur les utilisateurs. Malgré tout, pour moi, Microsoft Office reste une référence, et un choix sensé. LibreOffice peut être largement suffisant pour certains usages, mais des professionnels préféreront des produits professionnels. Surtout que LibreOffice n'évolue plus trop, et semble stagner sur ses acquis. Tout comme OpenOffice (oui, il existe encore, apparemment, et marche toujours sur Windows XP. Normal, pas besoin d'un PC hors de prix pour juste faire du traitement de texte, en même temps).

Ainsi se conclut mon avis sur le test de WordStar. J'utilise d'autres outils, pour écrire, comme… Un stylo et un carnet type Moleskine, un PDA de marque Casio Cassiopeia A-20, et je centralise toutes mes données sur un ordinateur Fujitsu Siemens de 2006 avec CentOS Linux 6.10 et LibreOffice 4.3. Je ne voudrais pas faire de la publicité pour LibreOffice, simplement apporter un peu de lucidité dans le débat des logiciels pour écrire, et des conseils pour y arriver.

Chapitre XIX

Le robot qui fait "pop"

Comme dans le précédent recueil, je vous ai avoué apprécier fortement me rendre sur le site de YouTube. Bon, je ne serai jamais le premier, ni le dernier à avouer le faire. Mais le genre de contenu que je regarde reste assez insolite, quoi qu'on en dise…

Je m'explique : j'apprécie regarder des contenus un peu expérimentaux, du style brancher des jouets sur une alimentation de laboratoire, et les soumettre à des courants continus de plus en plus élevés, afin d'observer les résultats.

Certains pourront trouver ce type de contenu un peu bizarre, et le fait de regarder ça encore plus incongru. Bon, il est vrai qu'on ne peut pas contester la nature étrange de ces contenus, mais je dois avouer que de temps en temps, ça défoule de les regarder.

La réaction des jouets devient assez prévisible : à force de les soumettre à des tensions élevées, le son du jouet commence à bugger, le moteur tourne très vite, puis claque. Et de la fumée sort du jouet. Évidemment, l'auteur ne commence pas immédiatement à soumettre les jouets à 30 volts. Il les soumet à des tensions dites « nominales », c'est-à-dire qu'il élève le voltage au fonctionnement normal (Exemple : 3 volts, 6 volts, comme le jouet fut étudié pour).

Puis, le mec baisse la tension à 2 volts, voire 1 volt. Une fois qu'il a atteint le minimum possible, entraînant un sous-régime du moteur, il remonte la tension très vite à la tension nominale, puis la dépasse.

C'est à ce moment-là que des dysfonctionnements surgissent, comme le fait que le son commence à se déformer, ou carrément à ne plus être joué. Le contrôleur sonore peut potentiellement griller vers 7 volts, en règle générale. Puis, les lumières grillent aussi, car soumises à des tensions trop élevées, donc le jouet ne se met plus à briller. En dernier, le moteur tourne de plus en plus vite (les jouets testés sont généralement mécaniques et impliquent donc des mouvements). Les jouets deviennent « surexcités ». Parfois, ils doivent être scotchés sur place, pour tenir en place.

Mais il y a aussi des choses cocasses qui se passent. Le moteur grille en dernier, mais il finit toujours par griller, puisque toute pièce soumise à un courant trop élevé finit par claquer. Je me souviens de cette vidéo où figurait un robot tout noir, avec juste deux yeux lumineux. Comme cité plus haut, le robot ne faisait plus de son, puis les yeux ne brillaient plus. Mais le moteur continuait à tourner. Quand le contrôleur du moteur grille, l'auteur de la vidéo alimente directement le moteur, sans passer par le contrôleur électronique.

Cela sonne un peu technique, et c'est le cas, mais il faut imaginer que l'auteur veut faire bouger le jouet directement, sans passer par toute l'électronique. C'est ce qu'il fit. Sauf qu'à force d'alimenter avec excès la partie électronique, il arriva quelque chose de vraiment bizarre. Les yeux du robot se sont mis à clignoter pendant une seconde, à cause d'une immense étincelle qui avait eu lieu à l'intérieur de la tête. Très cocasse, puisque normalement, les yeux font apparaître des LED brillantes. Là, on voyait une étincelle qui illuminait accidentellement les yeux, comme une recrudescence d'un élément technique de façon involontaire.

En même temps, et j'avais cru que c'était une voix ajoutée en post-production, une sorte de « Popeuh » se fit entendre. Comme si quelqu'un l'avait prononcé. En vrai, il s'agissait du bruit de l'étincelle qui se réverbérait dans la tête du robot en plastoc. Ce n'était pas un trucage, et l'auteur a vraiment entendu ça, au moment de tourner la vidéo, c'est vraiment très bizarre.

Enfin bon, après, les jouets sont réparés, s'ils ont une portée « historique », ou alors ils sont mis à la casse. De toute façon, la plupart du temps, ce sont des jouets AliExpress. Ils ont quand même de l'allure, je trouve, les jouets des années 2010-2020 ont une certaine personnalité, et ils doivent vraiment plaire aux enfants, j'imagine. Certains jouets ont même une vibration un peu 80s ou 90s, donc ça fait d'autant plus plaisir. J'en achèterai peut-être quelques-uns pour la collection, mais je l'espère, pour ne pas faire d'expériences bizarres… Oh, oh, oh.

Tout en ne voulant pas alimenter des mythes sur Internet, par exemple, ou des creepypasta. Vous n'avez qu'à regarder sur Youtube « Overvolting toys » je crois, les titres sont en Anglais. Mais parfois, j'imagine des trucs comme le jouet qui apparaît en pleine nuit, et qui fait « pop » tout en laissant clignoter ses yeux dans l'obscurité. Il y a tout un matériel imaginatif mis à disposition. Ou alors que quelqu'un l'entende au loin, mais n'arrive pas à le localiser, après avoir vu la vidéo officielle.

Puis le mec s'exile, en pensant fuir la malédiction du robot qui fait « pop », genre au Vanuatu, à l'autre bout de la planète. Qu'il ne le revoit pas. Mais qu'il ressent toujours la fièvre de cet évènement mystérieux, comme déconnecté du monde qui l'entoure. Enfin, à vous de voir quel genre de récit ou quel genre littéraire vous entrevoyez dedans. De l'horreur surréaliste ? Si quelqu'un pouvait me le dire.

Je n'ai pas envie de faire un exposé intégral dessus, mais cela peut également faire penser à l'uncanny, ou l'inquiétante étrangeté, en Français. Le terme originel est unheimlich. Je vous laisse également le droit de vous renseigner dessus, puisque je n'ai pas envie de faire une thèse pour l'Harmattan. Peut-être que des gens ont également abordé le sujet d'une façon plus scientifique, ou avec une approche plus psychologique.

Le robot qui fait "pop"

Néanmoins, j'espère que vous avez apprécié ce recueil, puisqu'il s'agit de la dernière histoire. Hé oui, les enfants, c'est la fin. Mais je pense écrire d'autres recueils, donc restez connecté pour pouvoir continuer à voir si je publie d'autres petits recueils, pendant que je m'en vais de la scène, tralala, tsoin, tsoin.

FIN

Par Matthias Delaune, le 14 avril 2025
Rédigé sur StarOffice 5.2 et Windows ME
(Ces deux trucs datent de l'an 2000, pour info)

Chapitre XX

Glace fraîche

« Coucou, les musulmans, moi je mange ma glace ! » dit un passant afin de provoquer des fidèles dans l'exercice de la pratique de leur religion. En effet, pendant la période du Ramadan, les Musulmans et les Islamistes doivent pratiquer le jeûne. C'est-à-dire, ne rien manger, ni boire, du lever du Soleil, jusqu'à l'apparition de la Lune.

C'est ce jour-là que François-Xavier avait décidé de circuler parmi la foule de fidèles en train de marcher sur le bitume, en plein Soleil, pour déguster sa glace tout en chantant la première phrase citée au tout début de cette nouvelle. La glace, symbole du rafraîchissement et de l'assouvissement du plaisir gustatif, était tout à l'opposé de la recherche ascétique liée à la pratique du Ramadan, avait tout pour importuner les fidèles.

Recueil d'histoires encore plus profondes

Cet esprit de provocation caractéristique de cette consommation intempestive d'un dessert glacé devant des pratiquants, sous la forme d'une représentation vidéographique, a fait beaucoup de *buzz* sur Internet. Il est possible de trouver la vidéo sur YouTube, en tapant la phrase idoine dans la barre de recherche de la plate-forme citée.

FIN (Cette fois-ci, c'est pour de bon)

Table des matières

Du même auteur

- Matthias Delaune, *Les truculentes aventures d'Hercule Turnip*, BoD, 2025. **ISBN :** 978-2-8106-2380-8
- Matthias Delaune, *Mystère au ministère*, BoD, 2025. **ISBN :** 978-2-8106-2883-4
- Matthias Delaune, *Recueil d'histoires profondes*, BoD, 2025. **ISBN :** 978-2-322-57477-3
- Matthias Delaune, *Recueil d'histoires encore plus profondes*, BoD, 2025. **ISBN :** *Ouvrage en cours de rédaction*

Annexe du recueil

Le flûtiau enchanté, Rev'là le sanglier, Saturnin rêvions du flûtiau : Ces trois récits mettent en scène un personnage nommé Saturnin, dans un paysage de l'arrière-pays français. Il s'agit d'un pastiche de la bande dessinée "Gédéon" par Marcel Gotlib, et d'une parodie de "La flûte enchantée".

Le clignotant et le lampadaire : Un échantillon de récit que j'ai rédigé pour inaugurer StarOffice 7. Je me suis probablement inspiré de mes promenades dans les rues parisiennes. Il n'y a que des voitures partout, donc j'ai imaginé un récit entre plusieurs installations.

Le concours des impôts : Un récit inspiré de la réalité des passages des concours administratifs. Rien de très révélateur, toutes les épreuves orales consistent en une série de questions.

Jean-Daniel et Michel sur la correction : Dialogue entre deux personnages que j'ai inventés. Ils parlent de la réalité du monde de l'édition.

Nathanouille : Encore trois récits qui mettent en scène un individu, cette fois-ci réel, mais sous un pseudonyme. Je suis ami avec un certain Nathan, et parfois nous échangeons des récits de fiction que nous écrivons. Certains d'entre eux m'ont un peu marqué avec leur aspect incongru. Donc j'ai cherché à en faire une petite compilation inspirée de ce qui a été fait.

"Problemos" version soutenue : Récit rédigé sur une imprimante à écran de marque Canon StarWriter 300. Produite en 1993. En fait, ce récit est une reprise des dialogues du film "Problemos" avec Eric Judor. Mais rédigés d'une façon totalement ampoulée. Le décalage est amusant, et cela m'a permis de parler du phénomène "quatreuh-quatreuh" tout en testant cet appareil qui enregistre tout sur disquette. Le texte a été écrit en octobre 2023.

Nestor : Un récit fictif sur un personnage qui devient majordome. Sans vouloir démystifier le statut et la personnalité mystérieuse de ces employés dans les maisons de personnes riches, et en voulant détourer un portrait typique, le récit tente de retracer la biographie typique de ces personnages généralement secondaires. J'ai toujours été fasciné par le monde de l'hôtellerie, et comment sont gérées les maisons ou hôtels particuliers. Le grand nombre de clins d'œil à cette profession ou à ce domaine (comme dans le jeu Luigi's Mansion) m'ont initié à cette fascination. Comme quoi, y'a pas que les écoles qui apprennent des trucs.

Auriane : J'ai fait ce récit pour graver dans le marbre une intrigue qui est arrivée à une amie. Ce n'est pas son vrai prénom, mais elle m'a demandé d'en utiliser un fictif. "Auriane" est une jeune fille qui aime beaucoup la mode et qui porte des habits assez insolites, comme des Mary Janes à talons. Un jour, elle s'est cassé la figure dans un square en marchant avec. Entre l'originalité de l'individu, son goût pour les chaussures à plateformes et tout ce qui lui arrive, cela m'a inspiré d'écrire un récit.

La messe huguenote : Le titre peut sembler péjoratif, mais il n'en est rien. J'ai visité une fois une église protestante, après des années d'hésitation à rentrer. J'ai assisté à la messe (enfin, au culte). Le titre symbolise le décalage entre ma vision initialement catholique, et ma présence parmi les protestants.
Le mot "huguenot" n'est pas péjoratif, mais représente combien un mot, même créé par l'opposition, peut être adopté par un mouvement ou une confession entière, tout en lui retirant l'aspect péjoratif initial.

Rainshowering : Nouvelle rédigée en Anglais. Elle est traduite en Français un peu plus loin. C'est une allusion au jeu "Rainshower" de la série "Game & Watch" de Nintendo®. Le titre signifie "se prendre une averse", en gros. Je possède un jeu de cette série, et c'était mon personnage favori dans la série "Super Smash Bros.".

Mister Zonard : Allusion au contexte urbain. Dans la banlieue parisienne, Mister Zonard est un individu avec un pseudonyme qui semble définir son statut. Sa femme est une allusion à une amie que j'ai eue, *dédicace, frér*. Je vais l'appeler K.

Au restaurant "l'Aigre-nouille" : Il s'agit d'une sorte de parodie des émissions culinaires, comme "Cauchemar en cuisine", souvent repris sous forme de parodies, comme par "Le monde à l'envers" sur YouTube, que j'ai connu grâce à K, et qui, hélas, je crois, n'existe plus, car le groupe s'est séparé. Le personnage qui incarne l'émission s'appelle Philippe Etcheworst, alors que le vrai s'appelle "Etchebest". "Best" signifie "le meilleur" en Anglais, et

"Worst" signifie "le pire". On peut deviner que finalement, Etcheworst est le sosie maléfique du vrai Philippe Etchebest, mais bon, c'est surtout un récit humoristique, qui tente de mettre en scène des situations improbables. Beaucoup de gens galèrent à gérer leur resto, et ça se sent souvent à travers ces émissions ou dans la vraie vie. C'est un petit hommage. J'ai écrit ce récit après avoir regardé un podcasteur qui visitait un restaurant qui a été redressé par Philippe Etchebest. Le nom "Aigrenouille" est un jeu de mots entre "grenouille" et "aigre". Aucune diffamation intentée.

Fabien à Ouessant : Un récit de fiction qui met en scène deux personnages, qui sont mon oncle, et… Moi. J'avais commencé à lui parler par téléphone il y a quelques années. Ce récit est très comique, mais fait office d'une sorte de bon concentré de ce que nous avions échangé.

Mon avis sur WordStar : J'ai testé, d'une façon aussi objective que possible, le logiciel WordStar, que certains considèrent comme absolument parfait. En l'ouvrant, je n'ai pas compris où était la fameuse perfection. J'ai aussi été témoin de commentaires néfastes de la part d'aficionados du logiciel WordStar. Il y a eu des balles perdues sur des logiciels de traitement de texte concurrents, donc j'ai rédigé ce texte pour protester contre ces salades.

Le robot qui fait "pop" : Après avoir vu une vidéo YouTube où des jouets étaient soumis à des courants excessifs (via une alimentation de laboratoire ou un variac), j'ai décidé de parler d'une vidéo précise dans laquelle un robot se met à clignoter de l'intérieur et à pousser une sorte de "popeuh". L'étincelle est passée par le même endroit où les yeux brillaient normalement, donc ça donnait un effet assez étrange, mais intéressant. Il est écrit que c'est la dernière nouvelle, mais en fait, non, puisque la glace fraîche est la toute dernière.

Glace fraîche : Encore un récit inspiré d'une vidéo YouTube, en fait, il s'agit d'un commentaire de cette vidéo, ni plus, ni moins. Encore merci à K pour me l'avoir montrée. Circuler avec une crème glacée pendant le Ramadan, c'est comme si on regardait une publicité Perier pendant une traversée du désert. Tiens, ça me rappelle aussi du Gotlib. Un gars qui traverse le désert avec une radio dans le dos qui dit : "Un bon verre bien glacé de Vloup vous fera le plus grand bien" ou quelque chose du genre. Quand la tentation nous gagne.

Bon, l'annexe est finie, ainsi que tout l'ouvrage. Sauf si vous considérez les mentions légales comme faisant partie du contenu à proprement parler. J'ignorais vraiment comment l'appeler, entre "compendium" ou "appendix", mais je l'ai appelée annexe, tout simplement. J'espère que ça vous aura plu.

Recueil d'histoires encore plus profondes © 2025
Par Matthias Delaune, tous droits réservés.
Impression : Libri Plureos GmbH, Friedensallee
273, 22763 Hamburg (Allemagne)

————————————————

Publié chez BooksOnDemand.
ISBN : 978-2-3225-7251-9
Dépôt légal : mai 2025